月落荒寺

格非 著

Et la lune descend sur le temple qui fut

图书在版编目（CIP）数据

月落荒寺/格非著.—北京：人民文学出版社，2019
ISBN 978-7-02-015381-7

Ⅰ.①月… Ⅱ.①格… Ⅲ.①长篇小说—中国—当代 Ⅳ.①I247.5

中国版本图书馆CIP数据核字（2019）第139750号

责任编辑	刘　稚　文　珍
装帧设计	陶　雷
责任校对	杨益民
责任印制	徐　冉

出版发行	人民文学出版社
社　　址	北京市朝内大街166号
邮政编码	100705
网　　址	http://www.rw-cn.com
印　　刷	三河市中晟雅豪印务有限公司
经　　销	全国新华书店等
字　　数	132千字
开　　本	880毫米×1230毫米　1/32
印　　张	6.5　插页4
印　　数	1—80000
版　　次	2019年9月北京第1版
印　　次	2019年9月第1次印刷
书　　号	978-7-02-015381-7
定　　价	39.00元

如有印装质量问题，请与本社图书销售中心调换。电话：010－65233595

1

四月初的一天下午,天气晴暖。林宜生和楚云从楼上下来,穿过褐石小区西门,准备去马路对面的小院喝茶。中关村北大街上的十字路口,刚刚发生了一场车祸。道路两侧停着几辆警车。医生和护士将一名年轻的女伤者固定在担架上,往救护车上搬;而趴在斑马线上的那位中年男子,因头颅碎裂而被晾在一边,暂时无人置问。宜生注意到,死者穿了双红袜子。看来,传说中辟邪消灾的红色,并未吓退本命年的死神。

既然警察在路口设置了警戒线,他们只能绕开车祸现场,从更远一点的人行天桥过马路。

这家名为"曼珠沙华"的茶社,坐落在桐花初开的树林里,幽静而略显荒僻。据说,这个小院原是皇家园林的一部分,离已成废墟的西洋楼不远。朝南的花窗正对着屋外的一畦菜园,园外是一处宽阔的池塘。池塘东侧的一家打字社早已人去楼空。门前的树荫里,柳莺婉转的啼鸣,一会近,一会远,夹杂着灰喜鹊喳喳的叫声。林宜生还记得,两年前,他曾受邀在茶社隔壁的"单向街"书店讲过一次课。自从书店搬到了朝阳区的"蓝色港湾"之后,茶社的生意就一蹶不振。

每年清明前后,小院中那两株名贵的西府海棠到了花盛期,茶社的丁老板都不会忘记给宜生打电话。喝茶兼赏花,赏花顺便喝茶,反正都是一个意思。丁老板说话,有点爱咬文嚼字。他说,海棠花乃易逝之物，如果听任它在人迹罕至的小院里自行枯败，无异于暴殄天物。宜生笑道："既然你这么喜欢海棠，为何不把店名改为'海棠居'？'曼珠沙华'这个名字，不好记，听上去也有些拗口。"丁老板想了想说，茶社的名号，是北大哲学系的一位女博士给起的。曼珠沙华，乃是《法华经》中的四大祥瑞之一，也被称作彼岸花。在小津安二郎的同名电影中，彼岸花意为"纯洁而忧伤的回忆"，很美。

楚云对门廊下那两株海棠没什么兴趣，她说，看海棠，还是得去潭柘寺。至于丁老板所津津乐道的"曼珠沙华"，在楚云眼中，也不过是寻常之物："说白了它就是石蒜。按照迷信的说法，这种花是很不吉利的。"

一走进这个小院，楚云就望着院内墙角一棵百年垂柳呆呆地出神，目光随之变得有些清虚起来。这棵垂柳由锈迹斑斑的铁架支撑着，正在恹恹死去。长满树瘤和藓衣的枝干上绑着四五个白色的树液袋，通过细细的塑料软管和针头，向树身输送营养。看上去，这棵老树就像一个浑身插满了管子、处于弥留之际的病人，正将体内残存的最后一丝活气逼出来，抽出柔嫩的新枝，随风飘摇，在小院的一角洒下一片可疑的荫翳。

"濒死的枯树也能打点滴，我还是第一次见到。"楚云笑道，"只是不知道它心里是怎么想的。是这么强撑着活下去，还是情愿早一点死掉。"

仿佛是为了回答楚云的提问，一阵风过，稀疏的柳枝从屋顶的瓦楞上簌簌拂过，犹如一声寡淡的叹息。

有那么一小会,不知从哪飘来一朵浮云,将阳光遮住了,就像是有人故意把光线调暗似的。坐在静谧的院落里,宜生能感到春寒的一丝凉意。一个穿着臃肿皮裤的老头,正划着小船,手里拿着一根长长的钩竿,在池塘里打捞杂物。新长出来的菖蒲,在池塘的四周镶出了一圈油汪汪的深绿。

墙外马路上的车祸似乎已经处理完毕。疾驰而过的汽车的嗖嗖声,远远传来,像流水一样喧腾不息。

2

女服务员端着一碟曲奇饼干、一碟葵花子,朝他们走过来。就在这当口,楚云的手机响了。

服务员说,店里新进了一些太平猴魁,问他们要不要尝尝。楚云没有搭理她。她在接电话的同时,站起身来,远远地走到了门廊边的海棠花下。一对刚刚进店的情侣,正依偎在树下,摆出姿势,让丁老板给他们拍照。楚云一边接电话,一边直勾勾地望着宜生,就像她的那些话,一字一句,都是冲着宜生说的。不过,她特意压低了嗓门,宜生根本听不清她在说什么。等到女服务员将两杯泡好的猴魁送来,楚云已经离开了那,走到了院外蜂飞蝶舞的菜地里。

阳光透过丝丝缕缕的柳枝，暖洋洋地照在他身上。宜生隐隐感到了楚云接电话时的刻意回避，有点不同寻常。由于出门前服用了抗忧郁的丙咪嗪，在午后的丽日下有点犯困，他伏在茶桌上睡着了，不一会就做起梦来。他梦见楚云在喊他。她围着湖蓝色的丝巾，脸凑向南墙的花窗，打着哑语喊他，像是急切地要跟他说一件什么事。

很快，她勉强笑了一下，人影一晃，就消失不见了。

后来，宜生一次次回忆起这个令人困扰的画面。他不能肯定这是真实发生的情景，还是梦中错乱的影像。每当他想弄清楚这个四月的午后到底发生了什么，眼前首先或最后出现的，始终是她在窗口的凄然一笑。

3

四年前，宜生的妻子白薇，与一个加拿大人好上了。这人瘦高个儿，留着一撮小胡子，名叫派崔克（Patrick）。妻子与他同在海淀的一所文科大学任职。为了不惊动正在读初三的儿子伯远，夫妻二人关于离婚的谈判，是在五道口的"雕刻时光"咖啡厅进行的。一落座，妻子就开门见山地告诉他，自己已经决定跟派崔克去加拿大"共同生活"。如果说，她那毫无意义的人生，还留有一个梦想，那就是及早离开这个让她伤透了心的地方。那时，她还远未获得加拿大国籍，派崔克所许诺的隆重而庄严的天主教婚礼还没有举行，但在她口中频频出现的"中国"一词，已经悄然变成了"你们国家"。这让好脾气的林宜生一时怒不可遏。

白薇曾在波士顿的费正清中心待过三个月，紧接着又被学校派往日本的岩手大学，做过一年的交换教师。回国后她就像是变了一个人，神神道道，愤世嫉俗。她曾因好友陈渺儿之邀，去白石桥参加过动物保护团体组织的活动，结果遭到警方的问讯。尽管六个小时之后，警察弄清了她的身份，并客气地派警车将她送回了学校，但一切都已太迟。愤怒和羞辱让她整个晚上神思恍惚，自言自语。她说得最多的一句话是"不可原谅"。但林宜生一直没弄清楚，所谓"不可原谅"的对象，指的陈渺儿呢，还是警察。

不论是在餐桌边吃饭，还是在客厅里看电视，她都不会忘记用她在国外的经历来启迪他的心智。比如，在波士顿的三个月，她没有擦过一次皮鞋，空气像玻璃那般透明，甚至带有一点甜味。"只要你愿意，可以穿着鞋上床。"而在日本的奈良，野生的麋鹿成群结队地在大街上行走，蒙蒙细雨中漫山遍野的早樱，如梦如幻，让人黯然销魂。她一度试图改变孩子的信仰："如果你愿意受洗，皈依主，我相信派崔克一定愿意帮忙。"这些言论，让儿子的价值观出现了令人忧心的混乱和分裂。

那天晚上，宜生和妻子在"雕刻时光"待了三个小时。面对妻子的长篇大论，林宜生不难得出如下结论：他们婚姻的失败，并非是由于白薇道德上某种缺失所导致（她曾经向宜生坦承，在一个光线黯淡的房间里，当派崔克的右手滑过她的肩胛骨，试图触摸她的乳房时，她"一下没忍住"），而是源于妻子自主的价值抉择。

关于离婚后的财产处置，他们只用了不到十分钟就分割完毕。因为她与派崔克结婚后要去伦敦生活（不是英国的伦敦，而是加拿大一个同名的殖民地小镇，靠近滑铁卢），房子当然归宜生所有。林宜生在银行的三百多万存款，则悉数归到她的名下。对于这样的财产分割方式，宜生没有表示什么异议，只是随口开了一句玩笑："这么说，我现在是一个子儿都不剩啦？"

"我给你留了点。"妻子严肃地纠正他，"别忘了，老查那死鬼还欠咱们二十八万。赶明儿你问赵蓉蓉讨回来，你们父子俩支撑个一年半载没问题。派崔克是个正直的人。因为正直，所以清贫，没什么积蓄。不像你，在外面讲课，嘴一张，钱就来。"

妻子所说的那个老查，名叫查海立。他去年在西二旗的"领秀硅谷"贷款买了一套四居室的房子，凑钱交首付的时候，从宜生手里借了二十八万。问题是，老查不久前死在了一家私人会所的游泳池里。老查死后，赵蓉蓉对于借款一事绝口不提。宜生有点拿不准，老查借钱这件事，他妻子赵蓉蓉是否知情。考虑到人刚死，宜生一时也不好意思催还。但二十八万毕竟不是一个可以慷慨忽略的小数目，这件事成了宜生的一块心病。这也使得宜生夫妇与赵蓉蓉之间的关系变得有些微妙。

不过，"你们父子俩支撑个一年半载没问题"这句话，却让林宜生惨淡的内心一阵暗喜。他原本一直在担心,妻子会不会提出把伯远一起带去加拿大。有了这句话,他那颗悬着的心总算放了下来。

妻子仿佛看穿了他的心思,随后补充道:"派崔克与前妻有三个孩子,都跟着他。我若是把伯远再带过去,怕是弄不到一块去。"

本来,在离婚过程中最令人揪心的孩子归属问题,就在这样一种轻描淡写的暗示中被确定了下来。

林宜生眼前忽然闪现出儿子在家中酣睡的画面,心里挺不是滋味。

4

伯远对他母亲有着很深的依恋和崇拜。对于孩子的教育,白薇一直都奉行着她所推崇的西方式的"快乐成长"理念。按照白薇的理解,该理念的核心内容,说白了,就是对孩子的一切行为放任不管。可说来也奇怪,伯远从未如她所期许的那样快乐。由于他和好友老贺轮流占据着班级成绩的最后两位,且被班主任目为害群之马,他的自信心受到严重打击。只有在一年一度的运动会期间,伯远才会从书包里翻出一两张皱巴巴的奖状来——或者是长跑、乒乓球,或者是立定跳远——献宝似的递给他的母亲。能否得到母亲的夸奖,要视白薇的心情而定。

在前妻以"出差"为名远赴加拿大之后,如何向儿子解释母亲的一去不返,成了林宜生需要面对的一个棘手问题。

一天晚上,宜生特意为他煎了两块西冷牛排,打算跟他说说这件事。他刚开了个头,还没有来得及切入正题,儿子的眼泪就流了下来。他夸张地用力咀嚼牛排,把流出来的眼泪和鼻涕又吃了进去,嗓子里吼吼有声。很显然,他在竭力控制情绪,不让自己哭出声来。

这说明,儿子对离婚这件事并非一无所知。

那天晚上,林宜生躺在床上,一直没有睡着。凌晨三点,儿子穿着一条平角短裤,推开门,走进了父亲的房间。他在黑暗中迟疑了好一会,终于对宜生道:"是不是,你做了什么对不起妈妈的事?"

对于这个问题,林宜生既未承认,也没有加以否认。他很愿意儿子朝这个方向去想。毕竟,被"世界上最好的妈妈"抛弃这样一个事实,对于一个十四五岁的小男孩来说,显然是过于残忍了。宜生乐于用暧昧而狡黠的沉默将儿子的猜测导入他途。

当然,这也产生了一个意想不到的后果。半年后,当楚云来到家中与他们一起生活时,伯远想当然地将她视为家庭不幸的罪魁祸首,并怀恨在心。这对于楚云当然是很不公平的——在宜生和白薇离婚的时候,他与楚云还根本无缘相识。

5

林宜生本科时读的是哲学系，因有一定的古文基础，大二时就跟着古籍所的一位教授整理中国古代文献，硕士阶段学的却是西方哲学史。等他读了博士，因觉得康德和海德格尔毕竟不能"了生死"，又重新回过头来研究老庄、王阳明和佛学。在南京生活了十年之后，他对这座城市已经有点厌倦。另外，南京与老家苏州的距离太近，母亲的频繁造访让他苦不堪言。为了给母亲的探访之旅增加一点难度，博士毕业后，他不顾导师的苦苦慰留，只身一人来到了北京。

他所任职的这所理工科背景的大学并无哲学专业，他被安排到马列教研室，负责两门公共政治课的教学。为了对付那些上课爱打瞌睡的本科生，林宜生慢慢地琢磨出了一套足以让学生憋着尿舍不得上厕所的教学方法。他主讲的一门必修课，几乎年年都被学生评为"最受欢迎的课程"，他本人也三次获得了校级"优秀教师"的荣誉。

但他仍然没有任何成就感。

毕业于飞机发动机专业的教研室主任，多次将他叫到办公室，不客气地警告他，给百分之五十的学生打出九十分以上的成绩，不符合教务部门的相关规定。再说了，政治课毕竟不是哲学史，"你的政治课里塞进去那么多的顾炎武、王夫之、卢卡奇和施蒂纳，合适吗？是不是有点舍本逐末？你自己好好考虑考虑，我是为你好。"

他获得的荣誉越多,教研室主任打量他的眼神就变得越犀利。他在部属机关当公务员的好友李绍基,因听说清华大学正在酝酿文科复建,一度多方设法,试图帮他调入该校的思想文化研究所。不过,随着李绍基本人的仕途出现重大转折,这件事最终功亏一篑,不了了之。

到了新世纪,随着各类培训机构雨后春笋般地在全国各地出现,林宜生终于迎来了他咸鱼翻身的大好时光。不论是在大学,还是在职业培训公司;不论是政府项目,还是企业委托,任何形式的培训班都少不了传统文化课。这些课程通常被冠以"中国传统文化"、"儒家思想与现代企业制度"、"佛理与禅修"等名目。无论是何种课程,林宜生总有办法让听课的政府官员或企业老总时而笑得合不拢嘴,时而正襟危坐,目眩神迷。每次课后,他的讲台前总是围着一大堆面色潮红的中老年妇女。她们在表达自己的崇敬时,还会不自觉地抚摸他的胳膊和肩膀。而千篇一律的恭维,总是以这样的句式开头:听了您的课,我才知道自己的灵魂有多么的空虚,生活是多么的糟糕、无聊、不能忍受……

他半天的课酬很快就涨到了税后八千。到了年末,各类培训机构照例给他送来家乐福或麦德龙的购物卡。宜生从中分出一部分,转赠教研室主任。后者看他的眼神从此变得胆怯而温柔,且充满敬意。林宜生在圆明园附近的褐石小区买了一套带花园的住房,将妻子原先那辆破旧的奥拓换成了带天窗的六缸帕萨特。当他坐在种满欧洲月季的花园里,悠闲地喝着下午茶,读着闲书时,偶尔也会在心里默诵这样的诗句：

> 落日已沉西岭外
>
> 却被扶桑唤出来

当然，每年将近一百万的讲课收入，也让他付出了相应的代价。一年之中，林宜生有三分之一的时间奔波于全国各地。精神和体力的双重透支，使他早年已治愈的失眠症死灰复燃。自从有一次在深圳的讲台上晕倒之后，他不得不去医院看病。医生并不认为他的病属于"只需要服用一点谷维素就可康复"的神经衰弱，而是严肃地给他开了至少两种抗忧郁的药物。

后来，林宜生在总结自己婚姻失败的教训时，不无痛苦地意识到，正是自己辗转各地、疲于奔命的巡回授课，才给了小胡子派崔克以可乘之机。

6

儿子伯远升上初三之后，林宜生作为唯一的家长，总是要隔三岔五地被班主任叫到学校去谈话。问及儿子的前途，班主任斟酌再三，说了一句略带讥讽的俏皮话：东方不亮西方亮。言下之意,在国内考大学不会有什么前途,不如送他去国外碰碰运气。"你听我一句劝,直接送他去国外吧。别在这儿瞎耽误工夫了。"

"在国内不行,去了国外,怎见得就行了呢?"宜生问道。

"对于好学生与坏学生的判断,老外的看法与咱们正好相反。"班主任挠了挠头皮,笑道。

班主任建议他在"学而思"给孩子报个外语班,强化一下英文,将来一旦出国留学,也不至于在大街上走丢。

宜生忽然想起来,好友李绍基的太太曾静以前在新东方的教培处当过主任,就给她打了一个电话,托她介绍外语老师。曾静毫不犹豫给了他一个电话,这人叫许倩。但许倩因临近预产期,转而向他推荐了一位"水平远在我之上"的人。

就这样,山西人楚云第一次进入了宜生的视野。

7

林宜生和楚云的第一次见面,被安排在学研大厦对面的"盒子"咖啡馆里。地点是楚云定的,时间是下午两点半。这家咖啡馆门脸很不起眼,但在那些讲究生活情趣的小资们眼中,它自有一番别致的风调。一对老迈而顽皮的大花猫是这座咖啡屋真正的明星,而每周六定期放映的先锋电影也吸引了大批追新逐异的年轻人。林宜生曾到那里看过两部电影。一部是伯格曼的《犹在镜中》（林宜生看得似懂非懂），另一部则是苏联导演塔科夫斯基的《镜子》（林宜生完全不能接受）。由于这两部电影都涉及"镜子"这个隐喻，不同的故事情节，在他的记忆中常常纠缠在一起。

宜生赶到"盒子"咖啡馆的时候，楚云已经在那儿了。看到林宜生提着一只带滑轮的旅行箱（他刚从银川赶回来），在拥挤的人流中左顾右盼，楚云就站起身来试着向他招了招手。她看上去三十出头，身穿牛仔裤和白色的纯棉衬衫，深棕色的披肩搭在椅背上。一见面，楚云就向他抱歉说，没想到这么多人，仅剩的空位紧挨着厕所。

"要不，我们换个地方？"

宜生看了看手表。他下午三点还有两节课，半个小时后就得往学校赶。于是，两个人各要了一杯咖啡，在厕所甜中带臊的不洁气味中，很快就敲定了儿子的学习方案：每周二、周五晚上各一次，每次两小时；若有必要，周日下午她也可以去家中个别辅导，费用按小时计算。

林宜生起身向她告别时，才留意到"盒子"咖啡馆原先的两只大花猫（或许已亡故），已被一头雪白的大松狮取代。它在客人们中间来回逡巡，索要香肠或薯条。

这次见面，楚云没有给宜生留下什么特别的印象。当天晚上，他搂着儿子的肩膀在小区里散步时，居然怎么也想不起她的长相。他脑海中残存的记忆，仅仅是座位墙上贴着的一张电影海报。这部电影名为《在莫德家的一夜》，是法国新浪潮大师侯麦的代表作。

他还记得,闲谈中,楚云曾向他介绍说,整部电影都在讨论帕斯卡尔,故事枯燥乏味,但它的结尾却出人意料,令人难忘。一个新东方的外语老师,居然也能对帕斯卡尔的概率论娓娓道来,让林宜生暗暗有些吃惊。

出乎宜生的预料,伯远对于去新东方补习英语一事十分抵触,几乎没有商量的余地。他梗着脖子对林宜生说,不上任何补习班,是妈妈早就确定的底线和原则。而在原则问题上,他是不会让步的。宜生悲哀地意识到,前妻去了加拿大之后,虽说两个多月中只给儿子寄来了一张尼亚加拉瀑布的风景明信片,但她在伯远的心中,仍是具有决定性的影响力。他们在小区的步道上来回遛了两个大圈子之后,林宜生不由得恼羞成怒。他粗鲁地将儿子按在物业门口的一张长椅上,声色俱厉地开始了长达一个小时的训斥和说教。伯远呆呆地望着父亲,一声不吭地听着,这让林宜生产生了一个错觉——儿子被自己的渊博和雄辩所折服,说不定早已回心转意。不料,伯远猛不丁地站起身来,打断了他的话(当时林宜生正说起马克思在伦敦图书馆的地面上留下的两个坑印),第一次对他使用了"您"这个称谓,对父亲道:

"您不觉得您的这些套话,早已经过时了吗?"

他头也不回地走了。

林宜生一个人坐在长椅上,脑子里一片空白。

本来,林宜生只要给楚云发条短信,通知她儿子去新东方补习的计划告吹,礼貌地对她表示感谢,这事就算了结。可是,在赶往武汉讲课的途中,在机舱广播通知关闭手机的一刹那,林宜生莫名其妙地拨通了楚云的电话。那时,他正为妻子离婚后留给他的珍贵自由没有派上用场而犯愁。宜生约她周六晚上去亚运村的一家日本料理店吃饭,并巧妙地让对方产生了要与儿子当面沟通的错误印象。

楚云先是以"您大可不必如此客气"一类的客套来推托,最后用一句"那就恭敬不如从命",给他吃了定心丸。在飞机徐徐滑向机场跑道的那一刻,林宜生将自己滚烫的脸贴在冰凉的舷窗上,看到机舱外的世界天高地阔,长吁了一口气。他觉得生活其实并不像自己原先想象的那样糟糕。

和第一次见面的情形一样,那家名为"桃屋"的日本料理店人满为患。他和楚云不得不在前厅的木椅上等候叫号。楚云低着头,眼睛盯着手里的手机屏幕,宜生则随手从茶几上抓过一本烂糟糟的浮世绘画册——那是葛饰北斋的《富岳三十六景》——心不在焉地翻看。楚云问他孩子为什么没来,宜生这才醒悟过来,自己此行的目的并不是相亲,根本没有必要如此紧张。他胡乱编了个理由,并从裤兜里摸出一包烟来。可是烟盒已经空了,宜生一时间显得有些心烦意乱。当他们被后来的人催促着,在木椅上往前挪动时,楚云从包里取出一盒ESSE,递给了他。

那是一盒韩国产的女士烟,有一股浓郁的薄荷味。抽惯了烤烟的林宜生,对烟草中添加的香料极为反感。这个牌子的烟,当年他在釜山大学做交换教授时,曾试着抽过一两根。他对韩国朋友开玩笑说:"这味道,完全没法接受。用它来戒烟的话,倒是很合适。"

不过，这一次的感觉稍稍有些不同，宜生的心里若有所动。

白薇对他在任何场合抽烟都深感厌恶。宜生有时觉得，老天爷将她派到自己身边的唯一理由，就是管住他，不让他抽烟。即使等到她和儿子都睡着了，宜生悄悄溜进厨房，打开抽油烟机，点上一根烟，享受片刻的宁静时，仍然会提心吊胆。说不定什么时候，卧室里就会传来一声石破天惊的怒吼。

他再次瞥了楚云一眼，并立刻意识到，用前妻的形象来衡量天底下所有的女性（他以前一直是这样想的。正是这个想法让他多年来甘于逆来顺受），是多么的荒谬！

大约半个小时之后，打着黑色领结的侍者彬彬有礼地走到他们跟前，向他们深深鞠了一躬。他毫无必要地说了一通日语之后，才改用中文对客人长时间的等候表达歉意。随后，他将两人带到了一间狭小而整洁的榻榻米包房里。

林宜生盘腿坐在餐桌前，一边点菜，一边向对面的楚云解释儿子拒绝去新东方的理由。他说得轻描淡写，楚云不时静静地点头，几乎没有插话。后来，她随便问了一句：

"这么说，您妻子去了国外？"

楚云这一问，宜生的话匣子就再也关不住了。他长叹一声，随即开始了他过分坦率而直露的倾诉。但他很快就觉察到，对于妻子和派崔克之间的事，楚云并不像他本人那么热衷。而且，他不得不通过适当的虚构和修饰，以使自己的面目显得不那么可怜。比如说，他向楚云提到，自己因为要去学校的旧宅找一本名为《唯一者及其所有物》的书，无意中撞破了妻子与派崔克"为雨为云"

的好事，于是，"不容分说"，"当即决定"与妻子离婚。而实际的情形是，为了挽救摇摇欲坠的家庭，他在一种"你其实并没有失去什么"的自我安慰中，很快就原谅了妻子的不忠，且不无屈辱地接受了妻子"我们都是自由的，不是吗？你也一样"这类拒不认错的说辞。

楚云似乎也不知道如何对他妻子的艳情故事发表评论，只好悄悄地转换了话题。她问宜生究竟在海淀区的哪一所高校任职。像以前一样，林宜生用含糊其词的"东升乡一带"搪塞过去，并立即恢复了原先的矜持。

谈及自己的经历，楚云并不打算对宜生的坦诚投桃报李。她只说了两点。第一，她老家在山西临汾，到北京还不到一年。第二，她在读高二的时候，参加过区里的长跑比赛，获得过第一名。都是无关紧要的信息。她原有的神秘未及触碰。

每当宜生喝光了杯中的清酒，楚云就欠身给他斟满。即使偶有无话可说的冷场，气氛倒也并不怎么尴尬。后来，两人不知怎么就聊起了日本的俳句。由松尾芭蕉和与谢芜村，转而谈到与俳句的意境大致相仿的唐诗宋词。从清真词开始，过渡到姜白石和吴文英。他们最后谈论的是《源氏物语》中所引用的白居易诗句。楚云说，白居易的诗词她背了不少，最喜欢其中的两句。

她没有马上说出答案，宜生只能去猜。

他提到了"同是天涯沦落人，相逢何必曾相识"，提到"几处早莺争暖树，谁家新燕啄春泥"，提到"独出前门望野田，月明荞麦花如雪"，他搜肠刮肚地把自己能够记住的诗句都背了一遍。楚云默坐不语，一直在摇头。偶尔，她也会轻声地指出林宜生的记忆错误。比如，"雪满山中高士卧，月明林下美人来"并非出自白居易，而是明代诗人高青丘咏梅花的句子……

后来，当他们出了料理店，来到马路边拦出租车时，宜生没有忘记向楚云打听她未及出口的那两句诗。出租车在经过学院桥时，司机问他去学校的哪个门，林宜生的思路仍然沉浸在白居易诗句的情境之中：

假使如今不是梦
能长于梦几多时

尽管他怎么也没想透这两句诗到底好在哪里，但他对楚云的记忆或想象，已经永久性地与"蝶化庄生"的意象联系在了一起。在后来很长一段时间中，这两句诗，给他心底不时泛出的一圈圈眷念的涟漪，提供了伤感的氛围。

两个月后，在北京西郊的卧佛山庄，林宜生应邀给云南文化厅的一个干部培训班讲课。他打电话约楚云去附近的植物园游玩。他们在植物园逛了一圈之后，又去了樱桃沟。他们没能找到传说中曹雪芹的故居，却在无意间撞进了梁启超的墓园。

那时，天已经完全黑了。

事情完全不像宜生原先所设想的那么复杂。在梁任公巨大石像背后的树荫里，林宜生笨拙地抱住了她，说了许多连他自己都感到不可思议的蠢话。好在楚云并不在意。

他的双手经由她背部凸起的肩胛骨，顺着微微凹陷的脊椎，缓缓往下，滑向她圆润而纤细的腰间。隔着柔软的棉质T恤和牛仔裤，他能感觉到她的腰肢向臀部过渡的完美曲线。他心里空落落的。他越是用力地抱紧她，希望与她融为一体，她瘦削的后背带给他空无一物的感觉就越是强烈。

有一阵子，宜生松开了她，靠在大理石雕像的底座上抽烟。楚云一边驱赶着蚊虫，一边忙着往胳膊上抹风油精。宜生问她愿不愿意去卧佛山庄的客房里待会，楚云朝他点了点头。

为了避免撞上培训班的学员，他们绕开了餐厅门外灯火通明的停车场。一路上，谁都没有说话。他们都意识到了接下来会发生什么。为了不让自己显得过于急切，两个人都故意放慢了脚步。暧昧的静默像湍急的河流，波涛汹涌。

她的肌肤白皙而细腻，淡蓝色的脉纹，从脖子上一直延伸到肩窝和高耸的锁骨。乳头很小，浮在微微隆起的淡褐色乳晕之中，在手指轻轻的触碰下，旋即变得坚硬。与白薇离婚后，妻子那肉感而不洁的胴体，有如白蛆爬满伤口，一直在折磨着他的神经。而现在，窗口吹进来的凉爽夜风，让他一身轻松。不时在他眼前闪现的妻子的形象，已无力给他带来任何的干扰。

林宜生从甜蜜而疲乏的小睡中醒来，已经是晚上九点多了。他饥肠辘辘地想着去哪儿吃晚饭，忽然听到院外的树林中传来了啄木鸟的声音。楚云似乎也在听。她迷迷糊糊地靠在他的肩头，喃喃道："原来啄木鸟的钻木声这么好听。嗒嗒嗒，嗒嗒嗒嗒。

一梭子,又是一梭子。像开机关枪一样。"

对于林宜生来说,幸福来得太突然了。他问楚云为什么对自己这么好,过了好长一阵子,楚云才回答说:"大概是帕斯卡尔所说的概率在起作用。"

后来,他们到卧佛寺对面的餐馆里吃饭。餐厅里就他们两个客人。门廊下挂着的鸟笼里,养了几只鹩哥。楚云在逗弄鹩哥说话时,宜生独自一人喝着黑啤酒,陷入了沉思。以前,他总觉得世上的万事万物都与自己作对,而现在呢,坐在舒适的空调房里,眺望着窗外黑黢黢的西山,宜生有了一种"万物皆备于我"的自在和欣悦。

他觉得帕斯卡尔所谓的概率,或许正是命运。

每个周末,楚云都会来到他位于褐石小区的家中住上两天。在这之前,趁着伯远去学校上学的工夫,宜生已经将妻子留下的衣物、不值钱的首饰以及墙上挂着的三人照片统统挪到了地下室,尽可能地消除白薇存在的一切痕迹。再后来,楚云将自己在六道口租居的房子退了,把家整个搬了过来。

对于家中突然出现的这个陌生人,伯远显得很不适应。他嘴上倒没说什么,只是避免与楚云搭话,也不让她摸自己的头。林宜生找他长谈了一次。他答应儿子,即使自己将来与楚云结了婚,也不会强迫他改口叫妈。

"她是她,你妈是你妈,不搭界的。"

儿子也提出了他的交换条件:"别指望我会跟她学英语。"

另外,伯远又附带提及,在任何情况下,林宜生都不能干涉他与班上一个名叫"吥吥再来"的女生交往。

"谁是'吥吥再来'?"宜生问道。

儿子没再理他。他正在换球鞋,准备约老贺去学校的大操场踢球去了。

不久后的一天,周德坤在三里屯的家中安排了一场朋友聚会。为了想象中出人意料的效果,林宜生卖了个关子。他只说要带个人去,却刻意省去了有关楚云的所有信息。

8

林宜生有个相对固定的朋友圈,他们之间不定期的聚会已经持续好多年了。

在这伙人中,宜生和周德坤是大学同学。他们原先都在南京一所大学的哲学系读书。到了第二个学年,周德坤因在绘画方面展现出来的禀赋和才华,转到了新成立的艺术教育系。留起了长发的周德坤,时常背着一把吉他,穿着满腿窟窿眼的牛仔裤,在校园里到处瞎转。林宜生在路上遇见他,甚至都懒得跟他打招呼。大学毕业时,德坤去了北京的中央新闻社,而林宜生则留在本校继续读研。

多年后的一个初春，林宜生调往北京工作，德坤闻讯后亲自去车站迎接。他头戴翻毛小帽，身披黑色软皮大氅，左手搂着新结识的重庆妹子陈渺儿，右手牵着一条瞎了眼的流浪狗，在站前广场上正在融化的脏雪中顾盼自雄，看起来确已今非昔比。那时，德坤已经从原先的单位辞了职，以"自由人"的身份，辗转于798和酒厂艺术区，当起了艺术策展人。

四五年前，德坤花了一千多万，在国贸附近买了一套位于顶层的公寓房，算是实现了"在资产阶级头上拉屎撒尿"的人生理想。他的妻子陈渺儿因忙于炒股票，同时还要照顾家中收养的一群流浪狗，干脆也辞去了金融出版社的工作，在家中当起了全职太太。

用宜生前妻白薇的话来说，这个陈渺儿，别的方面都还好，就是有点缺心眼。她以"动物权益保护协会"的名义，不知从哪召来一众人马，在白石桥一带举行公益宣讲活动，为流浪动物争取权益。白薇经不住陈渺儿软磨硬泡，答应前去看看热闹，结果刚从出租车上下来，就被两名笑容可掬的警察请上了警车。陈渺儿召来的那帮乌合之众，一看到警察出现，大多一哄而散，溜之大吉。剩下几个反应迟缓的，则被留下问话。唯独作为发起人的陈渺儿安然无恙。警察一脸狐疑地望着她，陈渺儿也直愣愣地望着警察。双方僵持了好长一段时间。一位上了年纪的警察，实在不知道如何对付陈渺儿手里牵着的五六条吱哇乱叫的流浪狗，犹豫再三，远远地朝不知所措的陈渺儿挥了挥手：

"还等啥呢？赶紧回吧您呐！"

说起林宜生和李绍基的交往，还要追溯到一九九〇年夏天。伯远在北池子大街的妇产医院降生时，白薇与绍基的太太曾静住在同一个病房。那时，李绍基还只是一个副处级的干部，在一个部属机关的政策研究室任职。白薇与曾静都是剖腹产，两家孩子都因为吸入性肺炎被医院隔离治疗。在等待孩子康复的半个月中，两家人都需要通过不断的交谈，来缓解内心的不安与焦虑，林宜生和李绍基就成了无话不谈的朋友。绍基偶尔会把自己有关政策研究方面的内参文章发给宜生，请他润饰修改。作为回报，绍基总是将别人送给他的香烟囤积起来，到了一定数量，就打电话让宜生去取。单单从香烟的数量和档次变化上，林宜生也能明显地感觉到绍基升官的速度。

当李绍基官至正司级且极有可能"更进一步"时，周德坤开始频繁地请他去为自己的艺术活动站台。周德坤悄悄塞给李绍基的红包，因数额太大，最后总是由曾静出面，原封不动地退还给陈渺儿。曾静是个老成而本分的人，她大概觉得丈夫的官升得太快，"未知祸福"，凡事低调，处处小心。

可绍基后来还是出了事。

他从党校培训回来，不仅没有如愿升上副部，反而降到了副司级，被调入了老干部局。他到底因何事而降职，绍基本人讳莫如深，曾静也是守口如瓶。朋友们心中无不纳罕，但毕竟未知端详。调到老干部局之后，李绍基老得往医院和八宝山跑，探望病人或主持葬仪，身上总有一股混合着百合花、消毒药水和灰烬的特殊气息。李绍基本来话就不多，出事之后，更是面容枯槁，心如死灰，有时终日不发一言。曾静怕他郁积在心，时间长了憋出病来，时常东拉西扯逗他说话。只要她谈及降职一事，绍基要么情绪失控、暴跳如雷，要么就用两句没头脑的半截子话来敷衍她：

大风吹倒梧桐树
自有旁人论短长

他靠写毛笔字来排解心中的郁闷，时间不长，居然练就了一手漂亮的颜体。周德坤看了之后夸赞说："笔笔不苟，每一个字都是飞得起来的。"他鼓励绍基好好练，两年之后，就在"今日美术馆"为他办个展。

后来，绍基又迷上了茶道。

那段时间，曾静老给林宜生打电话，忧心如焚地央求他："老李最近有点想不开。你们约他出去喝个小酒啥的，散散心。"林宜生和周德坤只得轮流做东，频频请绍基夫妇吃饭。很快，周德坤带来了一个新朋友。

这人名叫查海立。他自称自己的名字来源于《徐文长传》。山奔海立，沙起雷行。在曾静看来，这个查海立连同他那粉妆玉琢的妻子赵蓉蓉，都有点不太靠谱。谈及自己的职业，老查一会说自己在毕马威会计事务所做高管，一会又说在证监会的稽查局工作，说着说着，漏了口风，似乎还在做一点医疗器材方面的生意。他的妻子赵蓉蓉一开口，就说她认识好几个来自西藏的"仁波切"，也不知是个什么来路。不过,这两人因是周德坤介绍认识的,曾静也不便说什么。查海立有一个吃完饭抢先付账的好习惯,更何况,他从证监会"金融大佬"处获悉的股市内幕信息,也让曾静和陈渺儿赚了不少钱。

在不定期聚会的这八个人中,曾静和陈渺儿最为投合。和白薇一样,曾静也觉得陈渺儿有点缺心眼儿。只不过,对于"缺心眼儿"一词的具体含义,两个人的理解稍有不同。查海立猝死在草场地一家私人会所之后,曾静的一对毒眼,不知从哪儿看出了德坤和赵蓉蓉的关系"有点不一般",就悄悄地提醒陈渺儿多留个心。那是一个星期六的下午,她们俩在三里屯逛街。当时,陈渺儿手里抱着一大堆衣物,正在款台排队等候付账。曾静半开玩笑地提到了她的疑虑,并委婉暗示她:在赵蓉蓉这样一个既聪慧又妖媚的女人面前,不要高估了男人的抵抗力。陈渺儿被她的话吓了一跳。她先是愣了半天,然后随手将衣物往曾静手里一塞,说了句"我这就去找他算账",怒气冲冲地走了。

当天晚上,曾静因担心自己多嘴捅了马蜂窝,正在家中坐立不安时,陈渺儿笑嘻嘻地给她打来了电话。她一口气给曾静推荐了五只股票,最后还不忘了加一句:"已经问过老周了。他和赵蓉蓉,根本没那事。"

海立去世之后,周德坤又带来了一个名叫杨庆棠的人。他是"骨灰级"的古典音乐发烧友,《天籁》杂志的总编辑兼乐评人。这样一来,原先的朋友圈,走了一个,又补了一个,还是八个人。

因杨庆棠谈吐不俗,又长得一表人才,陈渺儿私下里问曾静,能不能把孀居的赵蓉蓉和杨庆棠撮合成一对儿。曾静先是笑而不语,渺儿问得急了,曾静就把脸一放,对陈渺儿训斥道:"你又要胡闹。那杨庆棠是个同性恋,谁人不知?你瞎鼓捣个啥呢?"

9

考虑到楚云是第一次与朋友们见面,加上她刚来北京不久,很可能没见过什么世面,在前往三里屯的出租车上,林宜生将朋友们各自的脾气习性,向她简单做了个交代。说起李绍基的官场失意以及近来越发古怪的性格,林宜生特意又多唠叨了两句。楚云转过脸来看了他一眼,笑道:"听你这口气,就好像我不是去吃饭,而是特地去砸场子似的。"

其实,林宜生最担心的是赵蓉蓉。其他人都还好说,蓉蓉与楚云见面之后会有怎样的反应,他心里实在有些拿不准。

周德坤的家位于 CBD 的核心区。一幢高大的白色建筑矗立在日坛公园的东南角,夕阳在海浪般的玻璃墙体上镀上了一层瑰丽之色,看上去,让人微微有些眼晕。初秋的天空清澈而悠远,庭院的自动喷灌系统正在给草坪和牡丹花圃浇水。水雾冲洗后的大理石地面上,露出了洁白的砾石。不时有丝丝缕缕的小水珠飘落在宜生的脸上，有若淡淡的回忆。

林宜生和楚云在公寓门房接受询问并做了登记之后，坐电梯来到了28层。德坤家的阿姨老宋替他们开了门。

曾静和李绍基早已经到了。

陈渺儿和楚云一照面，就说瞅着她特别眼熟，可一时半会又想不起来在哪见过。她问楚云是不是在光华路上的嘉里中心上班，楚云说，她从未去过什么嘉里中心。渺儿转而又逼问她是不是卖过保险，楚云摇头否认之后，陈渺儿连说"不可能"，弄得楚云十分难堪。她一脸茫然地望着宜生，不知如何作答。站在一旁的曾静因见陈渺儿的话越来越不着调，赶紧过去与楚云寒暄，这才替她解了围。

宜生注意到，原先德坤家里养着的七八条流浪狗，忽然都不知了去向。取而代之的，是一条名叫"小海"的英国猎兔犬——这条狗耷拉着大耳朵，毛色呈柠檬黄，但四条腿却是白色的，看上去顽皮好动。它摇着高高竖起的尾巴，一刻不停地在客人们的腿间磕磕绊绊，嗅闻穿行。

德坤解释说，自从楼下的邻居第三次向物业投诉并打算将他们告到法院之后，陈渺儿哭红了双眼，最后只得同意德坤找个寺庙，将家中收留的流浪狗放生。德坤压低了声音告诉宜生，他并未按照渺儿的吩咐，将那些狗运往西郊的大觉寺。在百子湾附近的一个立交桥下，经营"花江狗肉"的一位贵州老板最终以很低的价格接受了它们。

"这屋子里，怎么有股呛人的烟味？"宜生问了一句。

曾静笑道："快别提这茬了！我们家那位，不知从哪儿弄来了一个小炉子和两包木炭，说是要当着大伙的面，演示一下古法煮茶的秘技。这不，大包小包地把那些家伙什搬了过来，一个人猫在屋里忙活了这半天，弄得这房子像失了火似的，一壶水还没煮开呢。"

德坤招呼大家去里屋喝茶。他们穿过堆满音响器材的大客厅，经由德坤宽敞的画室，来到最东边的一间书房里。李绍基沾了一脸的炭灰，正在侍弄他的小泥炉。他蹲在墙角，手拿着一把纸扇，慢悠悠地给炉膛扇风。见众人进屋，他只是抬头朝大伙笑了笑，算是打了招呼。

周德坤嘴里叼着一柄烟斗，在茶几边的藤椅上跷着二郎腿，看着窗外华灯初上的璀璨街景，对绍基道："要说今天这壶茶，还真不简单。单说这茶叶，得是武夷山一百零三岁的周桐和老茶师亲手烘焙的牛栏坑肉桂。光有好茶还不成，还得有好水。农夫山泉够可以的了吧，人家偏偏说不能喝，非得是内蒙阿尔山特供的五藏泉！就差到芭蕉叶上去扫雪了。好水有了，却不兴搁在电水壶里煮，还得备上潮州枫溪的红泥炉和砂铫。炭呢，得是意大利进口的地中海橄榄炭。你说这费劲的！等着吧，等你这铫水烧开了，我们家老宋给泡的这壶杭白菊，早就把大伙灌饱了。"

一阵哄笑过后，坐在德坤边上的陈渺儿，也嗲声嗲气地开了腔。她提到了昨晚刚刚收到的一封电子邮件，还有白薇从加拿大"麦城"发来的几张照片。曾静不安地瞥了楚云一眼。她大概是觉得在这样一个场合，当着楚云的面，提起宜生的前妻有点不太合适，就一个劲地给陈渺儿递眼色。可渺儿根本不理这个茬儿。

"还别说,他们家的院子可真大。除了房前屋后的红枫,院子里种满了野百合、月季、舞鹤草和三色堇。还有一种花,白薇姐说,是从西藏移植过去的,叫喜马拉雅蓝罂粟,漂亮极了。我给她回信说,等将来老了,我也移民加拿大,去麦城跟她做个伴……"

"她不是去了滑铁卢吗,怎么又变成麦城了?"曾静迷惑不解地望着陈渺儿,问了一句。

"还不是一回事!"李绍基从墙角站起身来,松了松腰,阴沉着脸对妻子道,"麦城翻成英文,就是滑铁卢。"

砂铫的水煮开之后,李绍基端坐在茶几前,准备泡茶。

绍基随身带来了一套景德镇青花茶具。每只小茶杯上均有二十四节气的字样和应景图案,每人认领一只,喝茶时易于区分。因"立春"和"雨水"是李绍基夫妇的专用杯,德坤和渺儿就分别挑选了"小满"和"芒种"。

林宜生见楚云坐着没动,替她随手拿了一只,一看上面的字,却是"惊蛰"。

李绍基从锡罐中取出几撮茶叶,郑重其事地放在电子小天平上称重。随后他取出公道杯、不锈钢茶漏和龙泉青的小盖碗,依次摆放在鸡翅木的茶海上,开始洗茶。曾静见大伙都不说话,就笑着揶揄道:"你说这都是什么毛病?好好的茶叶,非得洗上两遍。好不容易烧开的一壶水,又是烫,又是洗的,临了还能剩下几滴到嘴里?"

第一泡茶出来之后,周德坤抢先端过杯来尝了一口。曾静问他味道怎么样,德坤煞有介事地说,用枫溪炭炉煮出来的五藏泉泡极品"牛肉",味道的确不同凡响。茶香甘洌而醇厚,既含蓄,又霸道。地中海的橄榄炭也名不虚传,"从这茶汤里,你能闻到西西里阳光的味道。"

陈渺儿也端起杯子尝了尝,然后评价说,这茶的确不错,香喷喷的,跟她最爱喝的二舅家炒制的"江油茉莉"一个味儿。

李绍基在给宜生夫妇斟茶的时候,楚云说,她最近有些神经衰弱,因为担心晚上失眠,过了中午就不再喝茶。林宜生悄悄地碰了碰她的胳膊,小声劝她,不喝也成,意思意思,尝一口,也不枉费了绍基这半天的工夫。楚云只是笑了笑,没吱声。她仍喝着老宋泡的那壶杭白菊。一直等到大家把第三泡茶喝净,楚云跟前搁着的那杯茶,她始终没碰。

曾静将这一切都看在眼里,嘴上没说什么,脸色却渐渐地有些难看。

"都这会了,赵蓉蓉怎么还不来?"曾静将目光转向周德坤,问道。

"她今天来不了。她去了珠海。去年夏天她在那买了一套商住两用房,眼下正忙着装修。杨庆棠在直隶会馆还有个饭局,他要等会才到。要不咱们这就吃饭,边吃边等。"德坤招呼客人移步至餐厅,同时吩咐正在书房门口探头张望的老宋,这就上菜。

宋阿姨来自河北张家口的一个山村。周德坤在创作名噪一时的组画《柿子红了》的那段时间,常去张北一带写生。他请女房东当过几回模特,后来就将她带回了北京,在家中帮佣。德坤和渺儿都管她叫老宋。因德坤曾给自己看过一幅以老宋的裸体为蓝本的油画作品，宜生从不敢正眼打量她。她今天穿着一件暗花的藕色衬衣，第一次高高地盘起了头，露出了后颈的发际，整个人显得干净利落。林宜生不由得多瞅了她两眼。她看上去要比实际的年龄（五十出头）小很多，白皙而精致的脸上甚至能够看见薄细的静脉。他发现曾静也在偷偷地打量老宋，目光中有一种意味深长的讶异与狐疑。

席间，林宜生始终没有忘记楚云面前一口未喝的那杯茶。尽管他平时不好酒，还是与绍基一连喝了七八杯。后来，宜生又强拉着楚云，特意走到曾静的跟前，向她敬酒，并提到了两个月前给她打过的那个电话——他让曾静给伯远介绍英语老师，曾静向他推荐了一个名叫许倩的人，而许倩转而又向自己推荐了楚云。曾静脑子里绕了半天的弯儿，最后才回过神来："这么说起来，我还是你们的大媒人呢！"

曾静一直绷着的脸上，总算有了笑容。

10

杨庆棠赶到的时候，时间已过了九点。他已经有了点酒意了。就算是喝醉了酒，杨庆棠对自身的言行仍有极强的控制力。不论他在什么样的场合出现，他总有办法让自己显得风雅得体，举止合度。像今天这样，刚一坐下，一句话还没说，就先打了个饱嗝的微微失态，一般来说，并不多见。

庆棠的话题总离不开音乐。

他不久前去了一次慕尼黑，专程聆听钢琴大师席夫的一场独奏音乐会。席夫在接受庆棠的专访时，还送给他一张亲笔签名的CD唱片。德坤不知道席夫是谁，对那首"一直可以听到死"的舒伯特894号钢琴奏鸣曲也没什么兴趣，只是不断地向庆棠抱怨，自己托人配置的一套"盟主"（AVALON）音箱，一只喇叭的低音有些浑浊。用它来听意大利歌曲《重归苏莲托》，帕瓦罗蒂的嘴里像是含着一口痰。他央求庆棠有空的时候，帮他看看。庆棠道："我对所谓的发烧器材并不在行。你知道的，我只听现场。器材的事，倒是可以请老崔帮忙。"

至于那个老崔是谁，杨庆棠却没再提及。

很快，庆棠又讲了一个小故事。那是1922年，马塞尔·普鲁斯特在巴黎的一个酒宴上，与斯特拉文斯基见面时的一段趣闻。

曾静一连打了好几个哈欠。李绍基则悄悄地嘱咐宜生，他带了两条中华烟，搁在德坤家门口的鞋柜上了，待会走的时候，别忘了拿。因见无人答腔，陈渺儿只得硬着头皮请教庆棠："你说的那个普鲁斯特，他写过哪些曲子？"

杨庆棠慢悠悠地嚼着花生米，似笑非笑地道："这人是小说家，没听说他作过曲。"

这时，坐在宜生身边一直在看手机的楚云，忽然抬起头来，向庆棠提了一个问题。杨庆棠这才意识到聚会上还有陌生人存

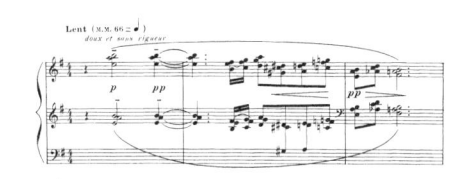

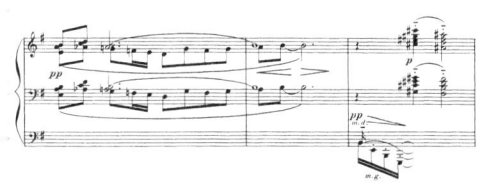

Et la lune descend sur le temple qui fut

《意象集 2 – 月落荒寺》
Images Book II–Et la lune descend sur le temple qui fut (1907年)

〔法〕阿希尔－克劳德·德彪西
Achille-Claude Debussy (1862.8.22-1918.3.25)

在。他明显地愣了一下，脸上有了一种难得遇到知音的惊喜与亢奋。他望着林宜生，目光带着询问的意味，似乎在说："什么情况？"

楚云的问题是：德彪西《意象集2》中那首表现月光的曲子，中文到底应该如何翻译？

"这首曲子的中文翻译，可以说是五花八门。"庆棠认真地回答道，"有译成'月落古寺'的，有译成'月落古刹'的，也有译作'月落禅寺'的，比较通行的译法是'月落荒寺'。我倒是更倾向于将它译为'月照萧寺'。"

楚云想了想说，相比较而言，她还是觉得译成"月落荒寺"稍好一些。

林宜生还在想着赵蓉蓉去珠海的事。蓉蓉又在珠海买了房子，说明她手上并不缺钱。宜生心里正想着是否应该找个机会，将查海立借款这件事直接向她挑明，忽听得楚云谈到了德彪西，心下暗自有些诧异。宜生从未听过德彪西，可不知为什么，"月落荒寺"这四个字，听上去竟是如此的耳熟。

看来，楚云的知识面并不限于日本俳句、白居易和帕斯卡尔。到目前为止，林宜生对楚云的过往经历，尤其是在山西的生活，几乎还一无所知。正因为如此，他对接下来楚云和庆棠的交谈，每句话都听得特别仔细。

他们先是聊起了贝多芬的第27号钢琴奏鸣曲为何只有两个乐章。紧接着，两个人就开始比较巴赫《哥德堡变奏曲》的几个不同版本。楚云觉得古尔德在去世前（1981年）的录音，要远远胜过他1956年的那个版本。因为它比原先的版本多出了整整十三分钟。特别是其中的第26小节,更是慢到了不可思议的程度。"我有时觉得,古尔德在录制这个唱片时实际上已经死了。他和巴赫的对话,就像是两个亡灵在交谈。那种迷人的倦怠感,远不是席夫、傅聪之流可以比拟的。"

杨庆棠对此表示同意。但他认为楚云对席夫和傅聪的评价有点过于苛刻要:"就拿傅聪来说,他弹巴赫固然差点意思,但肖邦的'玛祖卡',他就弹得相当出色。"

林宜生听见绍基对曾静耳语道:"杨总编平常跟我们在一块,总是对牛弹琴。今儿个可算是遇上懂行的了。"

周德坤似乎也听见了李绍基的这句话。因见他将自己排除在"懂行的"之外,心中颇有不甘。为了表示自己也懂音乐,他强行打断了庆棠和楚云的交谈,借着浓浓的酒劲儿,扯着大嗓门喊道:世界上最好的音乐,莫过于德沃夏克的"新大陆"。他哼了一段"回故乡"的旋律,然后又强调了一句:"谁要不同意,我就跟谁急!"

就算他搬出了德沃夏克,也还是没能把人镇住。楚云说,德沃夏克的钢琴三重奏"杜姆卡"以及一两首弦乐四重奏,还勉强可以听听。"至于他的那首'新大陆',我是怎么也喜欢不起来。我在芝加哥时,有一年过圣诞节,房东就送了我一张德沃夏克的'新大陆'作为新年礼物。这张唱片到现在还没拆封。"

杨庆棠也在一旁帮腔道:"我好像记得,德沃夏克祖上是个杀猪的……"。

德坤讨了个没趣，有点不太自在。他兀自僵坐了一会，站起身来，哼着小曲离开了。也没见他跟谁急。

不过，杨庆棠和楚云很快也发生了争论。两人之间的分歧，或许是因为楚云突然提到马丁·路德。

林宜生是哲学出身，对马丁·路德当然很熟悉。可是，这个鼎鼎大名的基督新教路德宗的创始人，这个曾自称"我的话就是上帝的话"的疯僧，与古典音乐又有什么关系呢？

当他听见楚云列数马丁·路德在欧洲音乐史上的特殊贡献时，不免有些疑心，楚云一定是弄错了。杨庆棠接下来的一番话，印证了他的疑虑。庆棠像是有意在回避与楚云争辩。在听了她的一番宏论之后，他稍加思索，慢条斯理地道："马丁·路德的宗教改革，对欧洲的思想观念，当然也包括音乐史，产生了不可低估的影响，这是常识。关于这一点，我们之间并无分歧。"

可楚云立刻反驳说，她完全不是这个意思。她实际上想说的是，马丁·路德本人就是一个重要的音乐家。他的圣歌创作直接影响到了后来的巴洛克音乐，"也可以这么说：没有马丁·路德，就不可能出现巴赫。"

听她如此言之凿凿，杨庆棠就有点心虚。但为了维护自己在音乐鉴赏方面一贯的权威形象，仍然硬着头皮反问道："你说马丁·路德本人就是音乐家，我怎么没听说过……"

"你没听说过的事多着呢！"曾静打断了庆棠的话，笑道，"时候不早了。喝了杯中酒，咱们这就散伙，各回各家。"

11

对于结婚一事,楚云并不像林宜生那么热衷,但也没有明确拒绝。每当宜生郑重其事地提起这件事的时候,楚云的回答总有那么一点含含糊糊、闪烁其词。

比如:

"只是想和你做个伴,把剩下的日子安安静静地打发掉。结不结婚,真的不重要。"

或者:

"我并没有你想象的那么好。"

对林宜生来说,他与楚云之间的关系,远不能用"好"或者"不好"一类的标准来衡量。宜生对楚云的迷恋,除了她的美貌(在私下里,林宜生曾将楚云与赵蓉蓉的长相做过一番比较,结论是难分轩轾)和年轻(他们的年龄相差二十一岁)之外,更多的是笼罩在她身上那层神秘的氤氲之气。林宜生有时觉得他们并不生活在同一个时空之中。

有一天,楚云在聊天时偶尔提到,她曾有过一个哥哥。如果按照楚云所说的,他们既非亲生兄妹,又非同母异父或同父异母,那么这两人到底是什么关系呢?林宜生很快就被她搞糊涂了。再说,"有过"这个词,无疑在暗示她哥哥现在已经不在了,为避免触动她的伤心往事,宜生没敢多问。

另外，楚云是山西人，在美国的芝加哥待过一阵子，似乎还曾有过一个波多黎各籍的男友，如今却孤身一人，甘愿在新东方当一名普通的代课教师。所有这一切，用她自己津津乐道的概率论是无法解释的。

也许只有当楚云与伯远相处的时候，林宜生才能从她身上捕捉到一些稳定的现实感。看得出，楚云在想方设法讨好儿子：给他煎牛排，为他买哈根达斯冰激凌、抹茶蛋糕和金枪鱼寿司，陪他看幼稚可笑的动漫电影并假装受到感动。自从她以母亲的身份参加了一次学校的家长会之后，伯远对她的态度终于发生了微妙的转变。至少，当楚云试着抚摸他的脑袋时，伯远不再像过去那样闪避。

12

一天傍晚，伯远放学回来，脸色有点难看。

他一进门就把书包撂在鞋橱边上，一句话不说，径直走到自己的卧室，在床上躺下了。林宜生跟着他到了卧室，在他床边坐了半天，想从他嘴里套话。伯远一声不吭，两眼直勾勾地瞪着天花板。宜生问急了，伯远就烦躁地推了他一把，大声道："你让我一个人静一静，成不成？"

林宜生躲到厕所里,给儿子的班主任打了一个电话。班主任说:"放学的时候,我瞅见他与贺胖子两个人,勾肩搭背,有说有笑地出了校门,没啥事啊!"

林宜生只得一个人坐在桌边闷闷地吃饭。最后,他往老贺家打了个电话。还好,电话是老贺本人接的。老贺的妈妈私下里一直认为,伯远缺乏家教,玩心太重,带坏了自家孩子,因而对宜生夫妇颇多怨言。而在宜生的前妻白薇看来,情况也许恰好相反。

老贺说,出了校门之后,他和伯远在物美超市门前分了手。"往后的事情,我就不知道了。"

晚上九点半,楚云从学校回来,在门边换鞋。宜生就走过去,压低了声音,跟她说了说伯远的事。楚云笑道:"你先别急,我去试试。"她没顾上洗手,就去了伯远的房间,随手将房门关上了。

宜生坐在客厅的沙发上不断地调换电视频道。其间,他两次走到儿子的卧室前,将耳朵贴在门上,探听动静。当他听到儿子正在和楚云小声交谈,一直悬着的心终于放了下来。大约半个小时之后,楚云从儿子房间出来,低着头,只顾笑。林宜生跟着她,经由客厅的阳台门,来到了院中的花架下坐定,楚云这才问他:"你儿子班上,是不是有个叫'吓吓再来'的女孩?"

"这事说来话长。"宜生点点头,笑道。

13

儿子所说的这个"呸呸再来",原名蓝婉希,与伯远同年级,但不同班。

一天中午,伯远和贺胖子各自拿着一把羊肉串,去学校的体育馆闲逛。他们看见乒乓球台前围了一堆的人,就凑过去看热闹。他们从人缝中挤进去一瞅,原来是七班的两个女生正在上演"生死对决"。她们已经一连打了四局,高个女生都以两三分惜败。因见对方明显处于下风,皮肤黝黑发亮、身材矮壮的那个女生,渐渐就有些不想打了,可高个女生仍然不依不饶。每输一局,她照例要朝手掌心上"呸呸"吐两口唾沫,眼睛满含屈辱的泪水,嘴里叫着:"再来,再来。"

老贺和伯远见屡战屡败的高个女生面容娇媚,楚楚动人,立刻决定加入失败者一方,为她打气加油。伯远不断地提醒她"撩对方反手";老贺则早已冷静地看出,高个女生"方寸大乱,已是强弩之末",不断"再来"的结果,只能是自讨没趣,越输越多。一直等到下午上课的预备铃响起,围观的人都走得差不多时,高个女生仍不住地往手心"呸呸"吐着唾沫,并使劲挥动球拍,带着明显的哭腔,喊着:"再来,再来。"

"来什么来!胜负已分,恕不奉陪。"矮个女生扔下这句话,将球拍装入皮套,一脸不屑地走了。

在高个女生独自一人捂着脸哭着回教室的路上,伯远和老贺远远地跟在她身后。当时,伯远还不知道她的名字,但在心里牢牢地记住了她。

可在林宜生看来,伯远之所以会喜欢上蓝婉希,并不像儿子所说的"她身上有一股不服输的精神,很是令人敬佩"那么冠冕堂皇。这女孩身材高挑,长相甜美且发育较早,恐怕才是伯远迷上她的主要原因。

伯远第二天就在学校门口截住了她,并向她献媚说:"你接发球的技术太烂,不输才怪。没事,我带你练两天,打败'黑里俏',小菜一碟。"

从那以后,伯远每个周末都会赶往肖家河,义务陪蓝婉希练球。婉希的家住在西山脚下的一个别墅区里。据伯远说,"他们家的院子大得吓人,可以同时开踢两场五人制足球赛。"

当蓝婉希可以轻松击败宿敌"黑里俏"并让她每局都过不了五分时,婉希与伯远之间的关系已发展到公开以母子相称的地步——婉希人前人后都叫他"儿子",而伯远觉得叫她"妈妈"有点过分,便稍加变通,称婉希为"母亲大人"。

这年圣诞节,在老贺的怂恿下,伯远给他的"母亲大人"寄去了一封表明心迹的贺年卡,而婉希很快就给了他答复。

一天傍晚,伯远放学回家后,将一个淡蓝色的信封交到宜生的手上,让父亲帮他"好好判断一下",对方的回复"到底是啥意思"。林宜生在惊愕之余,心里也难免有些隐痛。若非因为妻子离婚后去了加拿大,儿子的这点小心思,本来是轮不到向自己吐露的。随着父子之间感情迅速升温,他对儿子惯常的严厉,在不知不觉中已融入了太多的溺爱和亲昵。

林宜生走进书房,戴上老花镜,打开桌上的台灯,在一股浓郁的香水味中拆开了信封。

伯远站在门边,眼巴巴地望着父亲。

这不过是一张小小的卡片而已。正面是一幅摄影作品——两团巨大的粉红色花朵占据了画面的中心,妖冶而艳丽。这种花,林宜生以前从未见过。而在卡片的背面,有两行用铅笔随手写下的小字。笔迹很淡,不仔细看的话,甚至都难以辨认:

与其相濡以沫
不如相忘于江湖

林宜生转过身来看了看儿子,一丝强烈的爱怜和刺痛,从他心底悄然滑过。就像自己给什么人写了求爱信,遭到对方拒绝一样。本来已准备好的"年龄太小,不宜谈恋爱"一类的说教,早已被他抛到了九霄云外。

"你自己觉得呢?"他皱起眉头望着儿子,问道,"这两句话是什么意思,再清楚不过了。你难道读不出来吗?"

"意思我当然明白。我想知道的是,我们之间,是不是一点希望都没有了?"伯远扑闪着亮晶晶的大眼珠,看上去还像个幼儿。

"那倒不至于。这种事情,有时候也很难说。" 林宜生站起身来,爱抚地摸了摸儿子的头,模棱两可地敷衍了一句。

"会不会，我在给她的贺年卡里，没把话说清楚？"

"你是怎么写的？"

"让她跟着我浪迹天涯，笑傲江湖啊。"

林宜生只得苦笑。

14

林宜生将"吥吥再来"的故事从头到尾讲了一遍，楚云笑得差点岔了气。随后，她也把刚从伯远那里听到的事跟宜生说了说。

伯远在物美超市门口与老贺分了手，独自回家。他沿着学校围墙外的一片小树林往前走，无意中撞见蓝婉希与一个名叫陈翰文的高二男生，在马路边的树丛里接吻。尽管老贺曾多次提醒他，根据可靠的情报，蓝婉希和学霸陈翰文之间的关系"很不一般"，可伯远并不觉得这事有什么可担心的。不过，亲眼看见他们在树林里旁若无人地拥吻，则是另一回事。就像被人施了魔法一样，伯远失魂落魄地站在路边，一动不动地望着他们。蓝婉希显然也已经注意到了他。她在陈翰文的肩头用焦躁而憎恶的眼神示意他赶紧走开。

事情就是这么简单。

"你也不用太担心，"楚云宽慰他道，"他现在已经没事了。"

果然，当林宜生和楚云从院中回到客厅时，伯远已将饭菜放在微波炉里热了一遍，正坐在桌边狼吞虎咽。稍后，儿子甚至还主动跟他提起了昨天凌晨皇马与巴萨的一场足球赛。

宜生问楚云，她究竟用了什么办法，让儿子在如此短的时间里恢复了常态。楚云微微一笑，"这是我们俩之间的秘密，你就甭管了。"

15

林宜生要到南方出差，时间十天左右。他先去上海浦东讲课，然后转道浙江金华，主持一场博士生论文答辩。紧接着，他还要赶往南昌，参加高等教育指导委员会的年会。在他外出这段时间，伯远只能托楚云代为照管。

楚云笑道："放心吧，我正好趁热打铁，借机好好笼络一下他，省得他老斜着眼睛看我。"

林宜生在上海讲完课，赶到杭州，刚在宾馆住下，就接到了楚云发来的短信。她让宜生帮着打听一下，北京哪儿可以买到绣球。在接着发来的第二个短信中，楚云特地提醒他，她所说的绣球，不是普通的八仙花，而是从美国进口、花期长达五六个月的那种。

林宜生正好闲着没事，就给朋友们打了一圈电话。

结果令他失望。不要说美国绣球，就连普通的八仙花，朋友们也大多闻所未闻。周德坤在电话里说："嫂子要种花，何必非得绣球？我们小区的公共花园里种了好大一片牡丹，魏紫赵粉，祁绿姚黄，应有尽有。每到春天，似这般姹紫嫣红开遍，怎一个赏心悦目了得。你哪天有空，趁着晚上没人，挖他几棵回去就是了。"

此前，楚云一直在跟他唠叨，要把屋外杂草丛生的小院好好整饬一番，这会儿问起绣球，想必是要在院里种花。南昌的会结束后，主办方执意劝宜生改签机票，顺道游览一下庐山。宜生拗不过对方的盛情，又在庐山和九江耽搁了四五天。当他回到北京的时候，已经是半个月之后了。

令他有些吃惊的是，楚云短信中提到的美国绣球，早已种在了院外的花园里。那是一个周日的下午，楚云和伯远都没在家。

疯长的薄荷和半人高的艾蒿被除尽之后，庭院看上去比平常宽阔了许多。爬满围墙的欧洲月季，被修剪得整整齐齐。地上的石砌小径也被冲洗得干干净净，露出了青石板细密的纹路。原先白薇用来养睡莲的那口石槽，也填满了新土，楚云在里面种了铁线莲。

新移栽的三棵美国绣球就在东边的墙根下。只是临近秋末，绣球的颜色已从原先的粉红褪成了铁锈般的黄褐色。

晚上六点半，楚云和伯远才从外面回来。伯远刚理了发，戴着红色的耳机，一身深灰色的运动服，脚上是白色的阿迪达斯球鞋，从上到下，焕然一新。楚云告诉他，她下午去新东方上课前，试探着问他，愿不愿意跟她去班上蹭两节英语课。伯远想都没想，就一口答应了。

"他的英文水平还凑合，不像你说的那么糟糕。"

"怎么忽然就想到要种绣球？"宜生问道。

"不是忽然，"楚云忍住笑，悄声道，"因为蓝婉希家的院子里就栽着这种美国绣球。你儿子爱屋及乌，害得我把北京的花卉市场都转了个遍。还好，最后总算在昌平一家经营进口花木的公司里找到了。一问价格，贵得离谱，我只得咬咬牙，买了三棵。"

吃过晚饭，楚云去书房备课，宜生就拉着伯远到小区的院里散步。宜生本来想找机会试探他一下，假如自己和楚云正式办理结婚手续，儿子会有怎样的反应。可伯远张口闭口，总是离不开小院中的那三株绣球。他说，这种绣球，有一个好听的名字，叫作"无尽夏"。它的花期长达五至六个月，英文可以说 Forever Summer，也可以说 Endless Summer。楚云阿姨说，她更喜欢 Endless Summer 这个英文名，因为夏天总也过不完，绣球花总也开不败，无穷无尽。她还说，Endless Summer 这个英文名很美，能更好地传达出中文里"尽"这个意思。她说，她最喜欢这个"尽"字。因为"尽"就是"不尽"。

"楚云阿姨还说，要是将硫酸铝溶液稀释二十倍，在绣球的根部连续浇上两个星期，粉红色的花蕾就会慢慢变成纯蓝色，像鸢尾那么蓝。"

儿子还告诉宜生，昨天下午他兴冲冲地去了七班的教室，找到了蓝婉希，将楚云这个"秘方"告诉了她。不料，"吥吥再来"根本就不稀罕。

"你别这么一惊一乍的好不好？"婉希满脸不屑地对他道，"用硫酸铝溶液来改变土壤的酸碱度，让花儿由红变蓝，是每一个养绣球的人都知道的基本常识。我还当是什么事呢！"

"你们怎么找到那家公司的？我是说，你们怎么知道那有美国绣球？"宜生随口问了一句。

"是一个长相很凶的叔叔带我们去的。"儿子说，"那天早上，外面的雾很大。我和楚云阿姨下了楼，那个叔叔开着一辆黑色的大奔，从浓雾中一下闪了出来。然后，他开车带我们去了昌平。那家公司有一个奇怪的名字，叫胖龙，英文是 Fat Dragon。"

"等等，"林宜生站住了，"你能不能跟我详细说一下，这是个什么样的叔叔？你说他很凶，怎么个凶法？"

"倒也说不上很凶。"见父亲突然止住脚步，严肃地望着自己，伯远明显地犹豫了一下，接着道，"他就是不爱说话。在我们开车去昌平的路上，他既不跟我说话，也不跟楚云阿姨说话。一句话都不说。看上去有点凶。另外，他还会变戏法……"

"变戏法？"宜生暗自吃了一惊。

16

伯远说，那天早晨，他们到了昌平，胖龙公司刚刚开门。办公室里一个人都没有。他们看见一个老头正在门外的花圃里除草，楚云就上前向他打听，这里有没有美国绣球。老人一边挥动着手里的镰刀，一边对楚云说，他们这儿卖的就是进口绣球。什么"小羊羔雪球"啦，什么"无尽夏"啦，"盖茨比"啦，都有。他们公司一般只做批发，是不是零售他也不清楚。老人让他们先在办公室里待会，他这就去把经理找来。

三个人进了办公室。伯远挨着楚云，在办公桌前的沙发里坐下，那个送他们来的司机，则远远地靠在墙角的一张椅子上，跷着二郎腿看报纸。楚云用小纸杯接了矿泉水给他端过去，那人就将报纸从眼前移开，瓮声瓮气地说了声"谢谢"。这人三十来岁，没精打采的，一副没睡醒的样子。其实他长得挺端正的，可不知为什么，看上去无端的让人有些害怕。最奇怪的是，每当伯远偷偷地打量他时，他总是冲伯远微微一笑，就好像两人之间有什么默契似的。

过不多久，一个穿着长筒防水靴的中年人，手里拿着一把铁锹，走进了办公室。楚云赶紧站起身来，向他说明了来意。经理将铁锹靠在门边的墙上，点了根烟，对楚云道："我们一般不做零售。既然你们大老远找上门来了，也不能让你们白跑一趟。这样吧，想要"无尽夏"的话，每棵一千元，您看怎么样？要是觉得价格合适，我这就带你们去花圃里挖。"

"这种花在美国满大街都是啊,"楚云皱眉道,"怎么到了你们这,一下就变得这么贵?"

本来经理说话还挺客气的,一听到楚云提到美国,不知怎么,脸就变了。他将烟头吐在地上,用沾满黄土的靴子蹍了蹍,很不耐烦地对楚云说:"那您坐飞机去美国买啊,跟我这废什么话?"

楚云赔着小心问他,五百元一棵行不行?

经理径自走到办公桌前,端起茶杯,咕咚咕咚地灌了几口水,抹了抹嘴唇,这才对楚云道:"一千块一棵。少一个子儿都不卖。想买呢,就付钱,不买赶紧走人,我这儿正忙着呢!"

既然经理把话说得这么决绝,楚云就有点不想买了。她转过身去看了看伯远,从沙发上站起身来。

这时,坐在墙角的那个司机把手里的报纸扔过一边,给伯远递了个眼神,同时向他勾了勾指头。伯远不太明白他是什么意思,只得硬着头皮朝他走过去。那人就笑嘻嘻地对伯远耳语道:"我来给你变个戏法。想不想看?"

伯远迟疑了一下,立刻点了点头。他看见那个经理拿过铁锹,正准备往外走,这时也停下来朝他们张望。

那人猛地从衣兜里掏出一把钢针来,把伯远给吓了一哆嗦。

据伯远说,那把钢针,少说也有三四十根,有点像他们学校布告栏上用来钉通知的那种大头针。亮闪闪的,又长又细。那人轻声地对伯远说了句"你可瞧好了!"仰起头,将那把钢针一股脑搁在嘴里,一缩脖子,当时就吞了下去。然后,他将舌头伸了出来,张大了嘴巴给伯远看,并有些得意地望着他笑。

后来的事，伯远没有再往下说。

他只是提到，当楚云将价格提到六百元一棵时，经理总算答应了。他们在花圃挖绣球时，经理一直在问楚云，她带来的那个会变魔术的朋友，到底是什么来路？他看见伯远蹲在地上，望着一簇正在开花的藤本植物呆呆地出神，就把那丛铁线莲免费送给了他。

17

"你说，那把钢针，他真的吞下去了吗？"伯远心有余悸地望着父亲。

"也许吧。"宜生道。

他们已经走到了小区中心的紫藤花园里。即便从伯远刚才的转述中，宜生也能多少感受到现场那种离奇而诡异的氛围。伯远仍在追问他，一个人真的吞下去那么多的钢针，会不会戳破肚皮和肠子，宜生想了想，对他说："我猜他是把钢针藏在了袖管里。也许，根本就没有钢针。大凡会变戏法的人，都会用障眼法。"

听父亲这么一解释，伯远就把这事丢开了。

父子两人在小区里绕了一大圈,开始往回走。两个巡夜的保安,打着手电,骑着自行车,小声谈论着什么,从他们身边经过。

伯远提到了他的母亲。他把在院子里栽了三棵"无尽夏"的事,写e-mail告诉了她。这一次,白薇很快给他回了信。她说,等到明年春天,院中的绣球开花的时候,她和派崔克的孩子就将出生。她甚至给孩子取好了名字。

"她问我是想要弟弟呢,还是一个妹妹?她说,如果是弟弟的话,就给他取名叫'仲远'。"

伯远还提醒他说,是不是应该在自己的卧室里装一台电脑。每次收发邮件,他都得去学校电子阅览室,实在有些不太方便。

林宜生还在想着他们去昌平买绣球的事,一时没有回过神来。那个开着奔驰车,从晨雾中钻出来的司机,到底是什么人?他和楚云又是如何认识的?宜生一时还找不到答案。不过,这个人的出现,终于使楚云身上包裹得严严实实的幕障,裂开了一个小小的罅隙。

他决定找个机会和楚云好好谈一次。

18

这天晚上,宜生躺在床上,完全没有睡意。

时间已过了午夜,楚云还在备课。她习惯于在看书或备课的时候,用电脑来播放音乐。肖邦的《夜曲》从隔壁的书房里隐隐传来。在幽暗的灯光下，宜生从床头随手抓过一本书来催眠。在这本书的第146页上，作者卢卡奇这样写道：

> 时间，看起来已不再是人们赖以行动和发展的自然环境、客观环境和历史环境。他被扭曲成一股使人感到既沉闷又压抑的外在力量。在不断消逝的时间框架内，个人在堕落。时间因此成为无所顾忌的无情机器，它摧毁、废除、毁灭所有个人的计划和愿望、所有的个性以及人格自身……

19

楚云对自己的身世和经历讳莫如深，但这并不意味着她对林宜生的家庭状况全然没有兴趣。

"听口音，你也不像是土生土长的北京人，"一天晚上，两个人歪在客厅的沙发里闲聊，楚云这样对他道，"我跟你认识这么久了，可除了白薇和孩子之外，我还从未听你谈起过你的老家，也从未见你跟父母、兄弟姐妹或亲戚之类的人有过什么来往。你该不会是从石头缝里蹦出来的吧？"

林宜生想了想，笑道："同样的话，我也一直想问你。"

宜生很快就谈起了他在苏州的老家——那个家家户户枕河而居的木渎小镇。提到了年届七旬仍在河湖港汊里捕鱼捉蟹的祖父，提到了在供销社站了一辈子柜台的父亲，以及多年来与他相依为命的姐姐。在老家的直系亲属中，唯有当语文老师的母亲还活在人世。他原来还有过一个弟弟，在三岁时过继给了远房的表舅，兄弟俩自此再无任何往来。

姐姐去世后，母亲曾独自一人来北京投奔他，但在半年之后的一天夜里，事先没有任何预兆，突然不辞而别。最后，林宜生在木渎镇上的一家养老院里找到了她。从那以后，母亲一直在持续不断地给他写信。每封信的结尾，都以彻底断绝母子关系作为要挟，来压榨他所剩不多的那点孝心。林宜生后来两次去养老院看她，母亲均避而不见。看来她在信中所威胁的"不及黄泉，无相见也"，不只是说说而已。林宜生一直觉得，反复阅读母亲的来信，或许是自己最终患上忧郁症的最大诱因。可精神病专家安大夫却不这么看。他认为宜生的病与老太太的歇斯底里没什么必然联系。他安慰宜生说："不见就不见吧。随她去好了。你能拿她这样一个精力旺盛的'老婆头子'怎么办？总不能像郑庄公那样挖条地道吧？"

约在一年前，学校纪委的袁书记在办公室里约见宜生，并递给他一封挂号信。母亲在这封信中，用极其严厉的措辞质问学校，像林宜生这样一个"道貌岸然、腐化变质、不忠不孝的衣冠禽兽"，为什么至今还在人民教师的岗位上误人子弟？她还在信中向学校检举说，儿子家中吃的大米、小米、高粱米，包括用来炖汤的香菇和木耳，无一不是收受学生贿赂所得。

袁书记说，他本人恰好也有一个"暴虐而不可理喻"的母亲，因此对于林宜生的处境感同身受。"至于学生的礼品，能不收，就不要收。学生毕了业，上门来看望老师，带来一些家乡的土特产，要说一概回绝，也不近人情。这里面有个度，你自己把握。"

林宜生向袁书记诉苦说，最近几年来，他都快被母亲的那些来信逼疯了。"晚上睡不着觉的时候，我就在想，要是我母亲不识字该有多好！"可袁书记并不同意他的看法。在送他出门时，袁书记把一只手搭在宜生的肩膀上，笑道："这跟识不识字没有什么关系。我母亲倒是一字不识，可今天早晨，她还不是照样将一杯热牛奶泼在了我妻子的脸上？"

林宜生告诉楚云，他差不多已经有两年没有回过苏州老家了。母亲写给学校纪委的那封检举信，彻底消除了母亲在他心中残剩的一丝温情。反过来说，只有在反复咀嚼母亲检举信中那些恶毒的词汇时，他在道德上的不安才会有所减轻。事实上，多年来，对母亲的愤懑、不解和无可奈何，始终是他和白薇之间能够达成的唯一共识。

"在这方面，我的运气要稍微好一些。"听完了宜生的故事，楚云轻轻地叹了一口气，脸上的表情相当复杂。

当时，他并没有听懂楚云话里的意思。对她所谓的"运气"，林宜生做出了完全错误的理解。

20

楚云的老家在山西临汾。刚出生后不久,楚云就被她的亲生父母搁在一只草篮中,扔在了滨河西路的一座石桥边。篮子里有半瓶牛奶和一顶凉帽(以防止太阳的暴晒让她很快丧命)。一个七八岁的少年在放学回家的途中发现了她。他在桥边一直守到天黑,最后把这个婴儿拎回了家中。六十多岁的奶奶把这个婴儿从头到脚摸了一遍。尽管她双目失明,还是一口咬定这个女婴是个"美人坯子"。刚刚做过子宫摘除手术的母亲,硬撑着从床上爬起来看了看,长长地叹了口气,含着眼泪对他说:"看来,你命中注定要有一个妹妹。"

不过,她提醒儿子,最终能不能收养这个婴儿,还得等父亲从矿上回来再作决定。

晚上九点半,在外面喝得酩酊大醉的父亲,被他的两个下属架了回来。自打他第一眼看到这个婴儿,就被她迷住了。他一会儿跪在床前,呆呆地望着她傻笑,一会儿又凑在她耳边,疯疯癫癫地跟她说着胡话。满嘴的酒气,熏得熟睡中的婴儿直皱眉头。他一连给孩子取了七八个名字。但到底应该叫艳霞、云霞还是明霞,他一时拿不定主意。

后来在落户口的时候,在医院当药剂师的母亲还是给她另取了一个名字——它来自一位算命先生暧昧而深奥的判词:

楚云易散,覆水难收。

有一年养父去太原办事,特地带上了四岁的楚云,说是让她出去见见世面。等到他在酒店的大堂办完入住手续,发现一直跟在他脚边的楚云不见了踪影。就在养父对着两个部下大发雷霆时,酒店的服务员在一架自动钢琴的边上找到了她。仅仅因为楚云痴迷地盯着那架钢琴久久不愿离开,养父就断定这个小妮子有着"非凡的音乐天赋"。他不顾母亲的反对,执意让人从北京运回一架三角琴,并专门为她聘请了音乐教师。可是,楚云连五线谱和基本音阶都没有来得及学周全,养父就在处理一次透水事故时,死在了六百米深的矿井里。

他们的家穷了。

当养父的尸体从井下升到地面时,养母并未流泪,只是呆呆地说了一句话:"我说过的,瓦罐不离井上破……"

当时,不论是楚云,还是哥哥,都没能听出母亲话里的言外之意。

五年后,缠绵病榻的养母在撒手人寰之前,将哥哥一个人叫到了自己床边,叮嘱瘦弱而尚未成年的儿子,替她照顾好奶奶。最后,仍不忘补上一句:"还有妹妹。"

楚云只有在把自己的全部不幸,坚决地归咎于生为女孩的"原罪"时,才能稍稍原谅自己的亲生父母。为了保护这个捡来的妹妹,哥哥不到二十岁,门牙几乎全都被人打光了。当他终于有能力为自己种上一口漂亮的烤瓷牙时，已经在临汾的闹市区拥有了自己的酒吧。而那时的楚云，在岁月的更迭中，开始懵懵懂懂地意识到了自己的美貌，同时也认识到了它的可怕后果。有时，她不得不独自一人在黑暗中咀嚼令人羞耻的身体秘密：

如果蹂躏她的人，恰好是文质彬彬、长相白净的钢琴教师，如果她本人并无强烈的反抗意愿，那么，每周一次的侵犯，跟"强奸"这个词，仿佛就不怎么沾边。而且，她本人也并非完全没有快乐。

哥哥的酒吧并不挣钱。

不论是白天还是晚上，那家名为"彗星"的酒吧里，几乎都没有什么顾客。有一次，当楚云迷惑不解地问哥哥，为什么每次来他的酒吧，都见不到什么人时，哥哥和他手下的几个跟班笑得前仰后合。等他们笑够了之后，哥哥在她耳边小声说："也可以这么理解，这个酒吧就是为你一个人开的。"

哥哥手下养着二三十号人，他们都恭敬地称他为"辉哥"。酒吧只是一个名目，他真正的"业务"，是替那些"情绪失控的人"摆平各种难局，从中收取佣金。

尽管楚云一直避免使用"黑社会"这个词，可林宜生还是立即明白了她哥哥的工作性质。据楚云说，她哥哥并不是一个坏人。他长相斯文，说话声音很小，从不疾言厉色，举止"相当文雅"。

可是，从她讲述的下面这个故事中，林宜生也不难得出相反的结论。

有一次，辉哥接到了一个大单。在预付了一半的订金之后，对方提出的要求十分简单：半年之内，让一个名叫"秃妖"的人从临汾彻底消失，死活不论。单单是"秃妖"这个名号，在山西地界的江湖上就足以让人闻风丧胆，可他还拥有另一个绰号——"死人皮"。而实际上，"死人皮"不过是"寺人披"在民间以讹传讹的通俗说法。他的真名叫什么，没人知道。

楚云说："你读过《左传》的话，就应当知道，顶着'寺人披'这样名号的人，会是怎样一个狠角色。"

这年的元宵节，"秃妖"带着新结识的一名蒲剧演员去尧庙看花灯。在拥挤的人流中，当女演员在虞舜殿前摆好了姿势让他拍照时，"秃妖"感觉到自己的肩膀被人撞了一下。那人说了句"对不起"，他回答说"没关系"。不过，来自腹部的剧烈刺痛还是让他弯下腰来。他瞅了瞅肚子上插着的那把尖刀，又抬起头来，看了一眼正在旋转的湛蓝天空，很快就意识到发生了什么事。他不愿意女演员受到任何惊吓，就咬了咬牙，深吸了一口气，冷静地系上大衣的纽扣，遮住了利刃的刀柄。他给女演员拍了三张照片之后，才不慌不忙地掏出手机，给自己的保镖打电话。

在"秃妖"肚子上的伤口即将拆线时，两名戴着口罩、身披白大褂的年轻人，像幽灵一样，再次出现在他的病床旁。他们在他大腿上补上的这两刀，让他出院的时间延后了三个月。"秃妖"平生第一次陷入了清醒的痛苦之中。这倒不光是因为对方穷追不舍。真正让"秃妖"感到有些许慌乱的是，他们在动手的时候，派出所的两名警察（其中有一位是女的）正在病房里给他做笔录。

当那两个人办完事，大摇大摆走出病房的时候，两位警察僵坐在床边，一脸惊愕地看着鲜血迅速地洇红了被褥和床单。

"秃妖"躺在病床上继续养伤。他在揣摩对方意图的同时，顺便也会盘算一下自己的后半辈子应当如何打发。想来想去，要想保命，除了彻底洗手不干之外，他没有更好的选择。最后，他未带任何保镖，只身一人潜回了甘肃张掖的老家，那个名叫"老羊沟"的小村庄——在他看来，那是这个世界上最安全的地方。

"秃妖"回到村中，发现事情还没完。

三个头戴藏式毡帽的陌生人，正站在他家门外的胡杨林里，靠在一辆山西牌照的吉普车前抽烟。

如果不是出于楚云的亲口讲述，林宜生根本不可能相信，在当今国泰民安的中国，还会发生如此骇人听闻的事。

楚云说，辉哥做事也有自己的原则和底线。比如，他从不接涉及矿难与拆迁的单子。后来，辉哥有了自己合法的商贸公司。作为成功的企业家和慈善家，他的名字开始频频出现在当地的报纸和电视新闻中。他终于认识到，"做一个遵纪守法的公民"，显然更符合自己心意。但一切都为时太晚。毕竟,他有太多的"债务"需要偿还。正在逼近的危险潜滋暗长，迫使他做出了一个重大决定——将妹妹送往美国同时，关掉"彗星"酒吧，把家从临汾搬到了更便于藏身的太原。

七月末的一天下午，楚云从太原经由首都国际机场转机，前往美国的锡特拉皮兹，然后再从那儿转道芝加哥。哥哥一路陪伴着她。那还是她第一次走出山西地界。首都机场的转机时间只有一个半小时,兄妹俩不得不在安检口匆匆告别。

时间仿佛回到了二十年前。哥哥不再是那个令人闻之色变的"彗星"酒吧的主人,而是一个背着书包走在放学路上的七八岁少年。而她,则再一次被人放入草编的篮子。所不同的是,她的目的地,不是滨河西路的那座石桥,而是遥远而陌生的美国。临别前,哥哥给了她两件东西:一个红色的塑料圆牌,一张名片。

哥哥所说的每句话都有点像临终遗言。

他告诉楚云,这个圆牌是当年在草篮中发现的,他一直收着它。圆牌上写着的"大双"二字,明确地暗示了"小双"的存在。也就是说,楚云可能还有一个孪生妹妹。合理的推测是:当年楚云的母亲在医院生下双胞胎之后,她们姐妹俩被遗弃在了不同地点。哥哥说,他一直在派人暗中寻访小双的讯息,暂时还没有什么明确的结果。楚云不住抽吸着鼻子,泪眼模糊地问他,为什么直到现在,才把这个秘密告诉她。哥哥微微侧转过身,眼睛盯着电子屏幕上不时翻动的航班信息,对她说:"你或许应该知道,就算我死了,你在这个世界上,也并非孤身一人。"

至于那张名片,哥哥嘱咐她一定要妥善保存。要是遇到了实在难以应付的事,不管是什么事,不管她置身何地,都可以给名片上的这个人打电话。哥哥叮嘱她说,按照他们之间的约定,这个电话,她只能使用一次。

名片上的这个人,好像用的也是化名。他叫僧肇。

楚云上了飞机,刚刚在自己的座位上坐定,就把那个塑料圆牌随手扔在了前排座椅的插兜里。她对"小双"没有兴趣。她的世界里只有两个人：哥哥，她自己。

她一直在哭。在飞机滑离停机坪，缓缓驶向跑道的过程中，她的脑子里一直回荡着哥哥紧紧抱着她时，在她耳边说的一句话："不论你听到关于我的什么消息，记住，一概都不要相信。"

一年后，哥哥被枪决的消息传到了芝加哥。因为有了这句话，她仍有理由这样欺骗自己：

哥哥还活着。

21

李绍基对茶道的狂热并没有维持多久。

"也不知是发了什么疯，"曾静在电话中向林宜生抱怨说，"一天早上，老李没来由地发起神经来，将那些个茶具，包括紫檀茶海以及在日本买的南部铁壶，通通送给了楼道里扫地的阿姨。"

听她这么说，林宜生就有些担心，是不是上次聚会楚云没喝老李的茶，让他受了什么刺激。

"这倒不至于。"曾静道，"原先他在部里分管茶叶的生产和销售。福建、汕头和江浙的茶商，每年春秋两季，都会定时给他寄些好茶来，请他试喝。后来降了职，那些个茶商就像约好了似的,一个也不寄了。可老李好不知趣,硬要打电话去催问。这倒好,人家连电话都不接了。这不是自取其辱吗?"

平白受了这番折辱之后,绍基耳朵里听不得"茶"这个字,也见不得家中任何与茶叶有关的东西。

曾静还告诉他,上个月部里开会,老李因用手机发了几条短信,被"部里的大领导"当众训斥了一番,回到家中就闹起了肠梗阻。他在医院躺了一个多星期后,就有了一个新嗜好。一天清晨,他去雍和宫排队上了一炷早香,回来后发愿把《金刚经》抄上一百遍。从那时起,绍基就把泡马连道茶城,换作了逛寺庙。一到周末,就去庙里。除了喇嘛和僧人,他几乎不跟任何人来往。

"老李过去多么活泼、风趣的一个人,现在变得整天蔫头巴脑的,任你跟他说什么话,他都不爱搭个腔,只是望着你傻笑。茶不喝倒也罢了,吃饭连个油星子都不沾。这么折腾下去,哪是个头啊。实在不瞒你说,要不是看着莎莎还小,我真的,连死的心都有了。"

说到这儿,曾静在电话里终于忍不住哭了起来。

林宜生知道,绍基性情大变,应当还是他突遭降职这个弯没有转过来,病根还在心上。他劝慰曾静说,这种事急不得。写写毛笔字,读读《金刚经》也不是什么坏事,至少,对于收摄身心、调节情绪还是有益处的。

宜生本想将给自己治疗忧郁症的安大夫介绍给绍基,踌躇了半天,还是改变了主意。他告诉曾静,第二天下午一点,他要去亮马河的一个私人诊所补牙，完事后会顺道去一趟望京，陪老李聊会天。

22

李绍基的家位于望京的一个名叫"圣馨大地"的公寓楼里。林宜生坐电梯来到九楼的一幢复式单元门前。令他稍稍有些意外的是，给他开门的既不是李绍基，也不是曾静，而是泪痕未干的陈渺儿。

她似乎正在为什么事生气，眼圈红红的，望着宜生勉强笑了笑。

她还带来了那条名叫"小海"的比格犬。看上去，这条生性顽劣的小狗对新的环境有点陌生，一步不离地依傍着它的主人。

"怎么样，刚才那阵大雨，没淋着你吧？"曾静笑着跟宜生招呼，而绍基已经从矮柜中取出一双棉拖鞋，搁在了他的脚前。

他们的独生女莎莎，正在隔壁练琴。

四个人来到客厅的沙发上坐定。林宜生这才发现，原先摆在茶几上的那个紫檀大茶海果然不见了。他们用一把普通的玻璃壶泡黑苦荞待客。窗外的天空，乌云翻滚，雷声阵阵。陈渺儿仍绷着脸，余怒未消。

从她嘴里"我明天就回重庆去，让他一个人单过"这句话来判断，她好像是在与德坤闹别扭。不过，宜生瞅见曾静面带微笑，嗑着瓜子，还朝自己眨了眨眼睛，就知道也没什么大不了的事。

德坤一直想把家里那套坏了一只喇叭的"盟主丽人"换掉。他央求杨庆棠帮忙置办，庆棠给他介绍了一个名叫老崔的音响师。老崔那会儿正和老婆闹别扭，心绪繁乱，就让德坤直接联系广州的老黄。老黄是一家德国著名音响品牌的总代理。每次去广州，德坤总要拉上陈渺儿去"海印广场"看他，在他的音响店里泡上大半天。 可陈渺儿不太喜欢老黄这个人："一看他那皮笑肉不笑的样子，就不是什么正经人。"

德坤给老黄打了电话没两天，一套崭新的德国音响，被拆分成十来个大木箱，从香港发货，送到了北京的家中，"那黑色的大音箱竖起来，呵，足有两米多高。"

"鬼知道他叫老黄骗走了多少钱！单单就那堆线，少说也得五六十万。"一说起这套新换的音响，渺儿的气就不打一处来，"那些个喇叭线、信号线、电源线，五花八门，一股一股地绕在一起，有红的，有黑的，有白的，还都带着花纹，猛一看，倒像是养了一屋子的蛇。"

渺儿说，周德坤其实并不怎么听音乐，只是用它来看美国大片，弄得楼下的邻居三天两头找上门来吵架。这倒也罢了。有一回，德坤从宋庄带回来七八个獐头鼠目的"艺术家"，一心要让他们见识见识机关枪的子弹，如何噼噼啪啪从左扫到右，又如何噼噼啪啪从右扫到左，没想到一开机，喇叭一点声都没有。德坤趴在地上捣弄了半天，遥控器上的键，他挨个按了好几遍，那喇叭就是不出声。

"德坤觉得在客人面前丢了面子，一怒之下，就打电话到广州，把那个代理商老黄骂了个狗血淋头。老黄倒是不敢怠慢,第二天就派了两个专业技师,从广州飞了来。一检查,好嘛!原来是我们家的小海在那堆线下钻来钻去,不知把哪根信号线碰松了。不说招待他们吃喝,两个人来回的机票钱,我们就花了小一万。这套音响才装了不到半年,那两人就已经来过三四回了。"

绍基的情绪看上去也不像曾静说的那么颓唐。他一个人兀自笑了半天,随后就说起了他们单位某个领导闹过的一个笑话。

那位领导刚学会开车,从4S店买了一台德国进口的原装宝马,把单位派给他的司机晾在了一边,自己开车上下班,说是要体验一下"放飞自我"的驾驶乐趣。三个星期之后的一天深夜,这辆一百多万的宝马坏在了联想桥下。他一个人在桥下折腾了半个多小时,那辆车怎么也发动不起来。领导一着急,一个电话就把4S店的经理从被窝中提溜了起来。先是责问对方卖给他的是什么破车,又威胁他还想不想在店里干了。最后命令他立刻赶到联想桥处理此事。销售经理冒着零下十几度的严寒赶到那儿,钻进车里一检查,嗐,原来是车里没油了。

绍基讲完了这个故事,笑呵呵地望着陈渺儿道:"看来,你们家德坤也有当领导的潜质。"

"没事,德坤来钱快,"曾静道,"他随手在画布上涂上几笔,那飞机票的钱就出来了。"

"这钱的事,你就别提了。艺术品市场的行情说变就变。早些年,德坤一幅画还没画完,就有人坐在家里等着付钱。可上个月,他与天津的一个画家,在798办了个展览,布展的钱倒是花了不少，画是一幅也没卖出去。都说屋漏偏逢连夜雨，最近这股票吧，也是见了鬼了，买一只亏一只。"

一说到股票，曾静也是憋了一肚子的气："要说炒股票，没个查海立在边上，还真是不行。他说哪个股票跌，你一卖，它就哗哗地往下跌；他说哪个股票涨，你一买，就呼呼地往上涨。真是邪了门了。可他这一死，别说先前赚的钱，连老本都叫他带走了一大半。可有一件事，我总是想不明白。俗话说，近水楼台先得月。你说这查海立有那么多的内幕消息，认识那么多的金融大佬和操盘手，他要是把钱搁股票里，还不早就发家了？奇怪的是，他和蓉蓉两口子，从来不碰股票……"

"这就和大毒枭不碰毒品是一个道理。"绍基插话道。

"他们还用得着买什么股票？"陈渺儿道，"光是两人手里那十几套房产，这些年少说也翻了七八倍。"

"蓉蓉倒是好长时间不见了。上回约好了去慕田峪爬长城，临了还是没露面。海立这一走，她像是不太愿意跟我们这伙人一块掺和了。"

"没有的事，"渺儿嗑着瓜子，头也不抬，"昨晚她还在我们家呢。德坤酒喝多了，蓉蓉开车把他送了回来。我见时间晚了，就留她在家住了一宿。"

曾静瞥了宜生一眼，又看了看绍基，没再接话。

陈渺儿从随身带来的一个布兜里取出一只黄色的锦盒，推到了李绍基面前："德坤听说你在抄经，让我把这方砚台捎给你。家里的墨也有好多，不知收在哪个犄角旮旯儿了，等过两天找着了，我再给你送过来。"

她拍了拍蹲在脚前的小狗,站起身来。

"外面雨下得正急,"曾静朝窗外望了一眼,对渺儿道,"看样子一时半会也停不了,你再坐会,我有话跟你说。"

绍基将那方砚台打开看了又看,听见妻子要跟渺儿说话,就招呼林宜生去楼上的书房里。

宜生跟着绍基上楼的时候,听见曾静在身后对渺儿道:"你可别犯傻,要我说,德坤爱弄个音响什么的,你就让他去折腾,左右花几个钱就是了,总比他把心思花在别的地方强。这男人是闲不住的,你要是不让他摆弄音响,保不准他就该琢磨别的事了。你想想,是不是这个理?"

渺儿笑道:"他这人倒是没什么歪心思。碗一丢,就靠在沙发上看电视,顺便跟我们家老宋插科打诨,磨磨嘴皮子。别说,他跟老宋倒是挺谈得来的。"

23

尔时,世尊食时,着衣持钵,入舍卫大城乞食。于其城中,次第乞已,还至本处。饭食讫,收衣钵,洗足已,敷座而坐。

这是今天上午李绍基所抄写的一段经文。作为《金刚经》中的两小段序文之一，林宜生从未觉得它有什么特别之处。此时，长老须菩提与佛陀之间的问答尚未开始，这段文字，不过是交代了佛陀讲经说法的缘起。可在绍基看来，这一段极普通的叙事文，实则浓缩了金刚佛法中最为精妙的奥义，"万不可轻易跳过。"

在李绍基逐字逐句地向他解释这段经文时，隔着那张铺有白色绒毡的条案，林宜生不得不重新打量这位仕途不顺的老友。宜生下午刚去口腔医院做了牙髓治疗，这会儿，麻药的劲儿渐渐过去，他的后槽牙犹如一头苏醒的野兽，有节奏地啃噬他的右脸颊，迫使他不时咝咝地吸入凉气，以减轻牙床的锐痛。他竭力让自己显出轻松愉快的样子，以免绍基把他的烦躁不安误认为是对佛法的怠慢与轻忽。

绍基说，所谓"尔时"，切不可简单地理解为"那时"。因为佛陀说法，须得"说听具足"，机缘成熟。"即如孔子论道，亦有'可与言'与'不可与言'之分。可见讲经说法，也得看机缘。"

"世尊"是佛陀别号的总称。这些别号包括如来、佛、应供、正遍知、善逝、天人师等。"食时"即为乞食之时。佛法定制，过午不食。去得太早或太迟，讨不到食物，既让施舍者为难，也给自己增添烦恼。最合适的乞讨时间，约为辰时左右。所谓"着衣持钵"，也有些讲究。衣为九条衣，亦名福田衣，为佛制三衣中之上品。钵为应量器，铁瓦所制，非木而成。佛所驻足之地，在祇树给孤独园。

"日本京都的八坂神社附近有座祇园,你有印象吧?我九八年去那里考察时,跟曾静在祇园附近吃过一碗味噌乌冬面。"

因园在舍卫城东南五六里,故曰"入城"。城周六十余里,地广人众,故曰"大城"。"于其城中,次第乞已"一语中,"次第"二字,最为紧要。次第者,逐门逐户,依次而行,不得挑拣。可见佛在率众乞食时,礼仪庄严,秩序井然。

"中国人平常最不讲秩序。维持了几千年的乡村礼仪早已悄然崩解,而现代城市的文明规范远未建立,这样下去,怎么得了?"

"还至本处",乞已即还,不稍瞻顾。"饭食讫"一句,饭作动词讲。讫者,毕也。吃饭一事,大有讲究。所乞之食,分成四份,必待分与同梵行者、病人、水陆众生后,方能留一份自食。食后即收衣钵,不收则难免心有挂碍,不能专心修道。"洗足"二字,反衬佛陀乞食之时,赤足而行以护生。既赤足,必染尘垢,故须洗之。修行者,于行、住、坐、卧中,唯坐为胜。

"那天部里开会前,我接到了弟弟从老家打来的电话。我父亲因突发脑梗被送往医院抢救。领导讲话时,我悄悄地给医院脑外科的主任发了几条短信。没想到平白挨了一顿骂。骂就骂吧,检查我是一个字没写。他爱咋的咋的。大家都是一个司局里出来的，有什么了不得的？我当处长时，他才是个副处。如今人一阔，脸就变，对我也拿腔拿调，这不是小人得志是什么？什么他妈的玩意！"

"敷座"，铺展坐具。实为敛摄身心，速发轻安。依我看，一篇金刚文字，奥义尽在"还至本处，敷座而坐"八字之中。人生在世，不过穿衣吃饭。今天的人，终日忙碌求食，应酬日繁，身心俱疲，回家后又不能摄静。参透这八个字，方能得真清净、大自在。手机须臾不肯离手，以为天下安危，系于一身。妄念纷飞，又有何益？所以说，"还至本处，敷座而坐"八字，实为奔走尘劳中的我辈的顶门针，座右铭。

接下来，李绍基又给宜生讲了一番"有而不有，即为妙有；空而不空，方为真空"的道理。他说，这些道理，他是从海淀龙泉寺的一位高僧那里听来的，"算是现学现卖。"每周日的上午，八点至十一点，绍基都要去龙泉寺听他讲经，待中午用过斋饭后，才会"还至本处"。

窗外的雨，已渐渐地小了。宜生能听见马路上汽车驶过溅起的水声。他静静地体味着《金刚经》中的这段文字，一种甜蜜的倦怠之感，将他与周遭的世界隔开。仿佛天地万物正在飞快地隐遁，让他在尘世的喧嚣之中，重获短暂的清寂。

莎莎还在楼下弹钢琴。

她与伯远是同一天在妇产医院出生的。难得的机缘巧合，让两位母亲在等待出院的无聊中，煞有介事地订下了娃娃亲。随着绍基官升得越来越快，曾静很少再提及此事。有一次聚会时，白薇半开玩笑地让伯远叫她"岳母大人"时，曾静假装没有听见，且面露不豫之色。

这是白薇与曾静心存芥蒂的开始。

莎莎总在弹同一个儿歌旋律。小比格间或发出的吠叫，已经听不见了。陈渺儿这时大概已经离开了。

宜生记得，这首名为《土地革命歌》的童谣，曾经出现在电影《闪闪的红星》中。"我们要做主人"的未来想象，陪他度过了漫长而寂寞的幼年时代。到了1980年代，这首歌曲恢复了法国童谣原先的歌词，变成了风靡一时的《雅各兄弟》：雅各兄弟，雅各兄弟。醒来吧，醒来吧。快把晨钟敲响，快把晨钟敲响。叮叮当，叮叮当。而现在，它不知怎么就变成了愚不可及的《两只老虎》。每当伯远唱起这首童谣时，宜生的心中就隐隐生厌。正是在歌词的数度变换中，这个世界在加速失重。

送走陈渺儿之后，曾静来到楼上。天已经黑了。她问绍基晚上在哪儿吃饭，宜生说，他刚弄完牙，吃不得硬东西。他已经给楚云发了短信，让她煮了烂面条。

他随即起身告辞，曾静也没有留他。

24

从幼儿园到高中的差不多十年间,老贺一直在自觉地充当伯远的保护人。尽管白薇素来反对儿子与"目露凶光、好勇斗狠"的贺胖子来往,林宜生倒觉得,生性胆怯的儿子有这么一个人见人怕的"铁哥们"罩着,也不是什么坏事。

老贺的父亲是学校最顶尖的几位海归科学家之一,他在计算机科学中心领导着一个智能机器人的联合攻关团队。在接送孩子的过程中,林宜生时常在幼儿园或附属学校的门口见到他,只是两人从未有机会交谈。林宜生对科学家一类的人,总是感到有点畏惧,甚至怀着一种淡淡的敌意。他知道这种敌意是非理性的,因而时常为此自责。一天傍晚,他们挤在附中门房的屋檐下避雨。双方都觉得不找些话说有点不太合适。于是,科学家就主动向宜生"请教"了一个问题。

他说,眼下各类理工大学都在大规模地设立文科院系,国家对人文和社会科学也越来越重视,这一点,他完全赞成。因为"科学并不能解决所有的问题,文科的重要性是不言而喻的"。而且,随着智能机器人和基因技术的发展,在不久的将来,科学将会面临一系列的伦理和道德困境,这就需要文科的专家学者参与进来,共同面对。"不过,长期以来,我始终有一个疑惑。作家也好,诗人也罢,本来他们有义务向我们提供正能量,告诉我们,什么样的生活是美好的,是值得过的。但他们似乎更愿意在作品中描写负面或阴暗的东西，这到底是为什么？人们阅读文学作品，是希望从中获得慰藉、真知、智慧和启迪，陶冶情操。或者说，我们自己有了烦恼，才会去书中寻求解答。而事实刚好相反，有时不读这些书还好，读了以后反而更加苦恼。另外，作家和诗人的神经又过于敏感，他们稍有不顺，甚至动不动就自杀，也让人感到不可理解。如果说，他们连自己都没能照顾好，又何谈去帮助这个世界呢？我这么说或许有些幼稚，但不瞒您说，这么多年来，这些问题一直在我脑子里打转，怎么也想不明白。"

看得出，科学家在说这番话的时候，显得极为诚恳。正因为如此，林宜生对他立刻有了相当的好感。他知道，科学家的看法，并不幼稚可笑。它实际上代表了一般社会公众在这个问题上的普遍困惑。可要用通俗易懂的话来消除他的疑虑，却也绝非易事。他提到了萨特于1945年10月在巴黎作过的一次著名演讲，并试图向科学家解释，为什么文学作品中所体认的绝望和虚无，作为自我觉醒的必要前提，不仅不是"悲观"，反而是一种真正意义上的"乐观"。因为生活从来都有两种。一种是自动化的、被话语或幻觉所改造的、安全的生活，另一种则是"真正的生活"，而文学所要面对的正是后者。"但我本人既不是作家，也不写诗，我的专业是哲学研究。"

考虑到科学家长年在德国留学的经历，林宜生在介绍自己的专业背景时，特别强调了"德国古典哲学"这一研究领域，并立即提到了康德、费希特、费尔巴哈、黑格尔、尼采等一长串的德文名字，来博取他的好感。

科学家一边认真地听着，一边频频点头。因宜生提到了尼采，科学家说起了一段多年前的往事。他在莱比锡读研究生时，曾专程去了一趟洛肯小镇，拜谒尼采的旧居和墓园。当时，德国的一家能源公司打算挖开尼采墓寻找煤矿。出于对这位哲人的尊敬，他不假思索地也加入到了德国知识界的游行队伍中。那段时间，因为在博士论文的选题上，他与导师发生了严重的分歧，加上国内的女友也"出了点状况"，他的情绪"相当低落"，常常莫名其妙地独自流泪。为了让自己重新振作起来，他逐字逐句地读完了德文版的《快乐的科学》。让他稍稍感到有些失望的是："在尼采的那本书中，什么都有，唯独没有快乐。"

他最后提到了尼采的发疯。而从哲学上说，这件事也不是三言两语可以打发的。

正在迟疑间，林宜生看见老贺和伯远两个人，一路说笑，正从灰色的教学楼后面走出来。等儿子到了近前，宜生从伯远肩头卸下沉重的书包，背在了自己的身上，然后对科学家道："关于尼采的发疯，原因很复杂。但按照法国人福柯的说法，疯狂并不是一种自然疾病，它本身就是文明的产物。"

"您的意思是不是说，只要我们还没发疯，就还算不上是文明人？"

"我倒也不是这个意思。怎么说呢……"

"那不如这样，改日我请你吃饭，或者找个地方喝咖啡，坐下来好好谈一谈。我最近也碰到了很多烦心事，可以说焦头烂额。到时候一并向你请教。Auf Wiedersehen。"

"Tschüss。"

两人各自搂着儿子的肩膀,互道了再见。

25

良好的遗传基因,加上对父亲科学工作的耳濡目染,老贺在升入高中后,很快成了学校首屈一指的"电脑专家"。常常有老师在上课时找到他的教室,请他去办公室,让"突然死机"的电脑恢复运行。

出于对儿子的过分溺爱,老贺的父亲有时也会无视学校科研处严苛的保密禁令,将老贺带到实验室,任由他随意触碰那些昂贵的机器人。据伯远说,老贺的父亲很少在凌晨三点以前上床睡觉。他总是将自己反锁在书房里,在电脑前一直工作到后半夜。为了了解父亲机器人研制的最新进展,趁着父亲去慕尼黑开会的间隙,老贺悄悄溜进了书房。他仅用了不到十分钟,就顺利地破解了父亲为那台电脑所设置的复杂密码。他打开了其中一个标示为"Streng geheim"的文件夹。

老贺简直不敢相信自己的眼睛。

这个文件夹中储存了将近两百个视频。那些令人眼花缭乱的性爱动作,竟然都是由真人完成的。老贺一连三天没去学校上课。

没日没夜地浏览这些淫秽视频,让老贺几乎一夜之间获知了成人世界的全部秘密。当然他也很容易想象到,父亲日复一日紧闭房门,端坐在电脑前不眠不休,在从事严肃的科学研究之余,想必也会用这些视频来提神醒脑。最后,他从这些视频中精心挑选出一部分,拷到了一个移动硬盘中,将父亲文件夹的德文标题"绝密"改为"请注意休息",随即关闭了电脑。科学家从慕尼黑回国之后,有很长一段时间,始终不敢正视儿子的眼睛。用老贺的话来说:"他的把柄在我手上捏着,现在倒也有些怕我。"

老贺将这个移动硬盘送给伯远,作为十六岁的生日礼物。在交到伯远手上时,老贺神秘地眨眨眼睛:"朋友,好好享受吧……"

伯远在得到这个移动硬盘之后,一直为找不到播放那些视频的电脑而发愁。情急之中,还是老贺帮他拿了个主意。

他们召集了班上另外六位男生,组成了一个"课外阅读兴趣小组",以讨论文学作品为幌子,在下午放学后,溜进了电子阅览室。

按照他们的计划,一旦有巡视的老师靠近阅览室,他们就将电脑画面切入文学作品的电子文档,通过热烈的讨论,来消除老师的疑心。老贺早已把这些视频看得烂熟,他主动提出来在阅览室门口帮着望风。一开始,事情比他们所预想的还要顺利。他们挤成一堆,大气不敢出地欣赏这些视频,没有任何人来打扰他们。

后来,一位年老的校工,佝偻着背,一边响亮地咳嗽,一边慢悠悠地走到了阅览室门口。因见阅览室的门开着,他就站在门口朝里望了一眼。八个同学围坐成一圈,好像正在讨论什么问题。

他看到一位同学发言说："我只觉得我四面有看不见的高墙，将我隔成孤身，使我非常气闷……我想到希望，忽然害怕起来了。"而另一位同学则站起来大声反驳说："我觉得你根本用不着害怕。我想：希望是本无所谓有，无所谓无的。这正如地上的路；其实地上本没有路，走的人多了，也便成了路。"老头站在楼道里听了一会，不住地点头。别看这帮孩子年岁不大，说出来的话，却是入情入理，有板有眼。既然同学们还在讨论功课，他决定稍稍推迟一下锁门的时间。

老头走到院中的一棵树下，点了根烟，同时抬头看了一下天色。

正是这漫无目的的一瞥，让他的心里疑窦丛生。天已经完全黑了，可为什么阅览室里却没有开灯，窗帘也拉得严严实实？为什么参加讨论的，都是清一色的男生？再说，刚才同学们还在热烈地争论，怎么一眨眼的工夫，阅览室里就变成一片死寂？

一定有什么地方不对头。

老校工蹑手蹑脚地回到楼道里，透过窗帘的缝隙，偷偷地朝里张望。他看见六七个脑袋挤在一台电脑前，张着嘴，小脸憋得通红，似乎正在看什么电影。而另一个长得胖乎乎、圆头圆脑的小鬼头，则独自坐在门边，头靠在门框上打瞌睡。他的老花眼虽然难以看清电脑屏幕上的剧情，不过，只要将耳朵紧贴在窗户玻璃上并屏住呼吸，就能听见电脑音箱所发出的一阵阵女人夸张的喘息……

老头不由得笑了。

他不动声色地点了第二根烟，同时在心里暗暗谋划着，他该以怎样的速度猝不及防地冲入阅览室，才能将这些自以为是的机灵鬼一网打尽，人赃俱获。

老校工将截获的移动硬盘直接交到了校长室。校长在简单地浏览了一下视频之后，决定亲自处理此事。他将参加读书会的八位学生全部叫到了办公室，挨个查问移动硬盘的来源。

大家都把目光投向伯远。而伯远则扭过头去，用央求的目光望着站在他身后的老贺。老贺不慌不忙地道："朋友，好汉做事好汉当。事情已经出了，咱也就都别装了。你不如就痛痛快快地告诉校长，到底是从哪个网站下载了这些视频，不就得了？"

伯远当然听得出贺胖子话里的意思。他深吸了一口气，把心一横，决定独自揽下事情的全部责任。

26

第二天下午，林宜生接到了楚云打来的电话。当时，他正在怀柔的雁栖湖边，给人力资源高管班授课。楚云说，伯远好像出了点事。学校通知家长到校，却又不肯说到底是为了什么。林宜生只得委托楚云全权处理。他在给学员们上课的时候，没敢像往常那样关闭手机。他心事重重地讲课，不时地朝讲台上的手机屏幕瞥上一两眼。不过，楚云后来一直没有给他来过电话，这给宜生造成了"事情或许已经解决"的错觉。

下午五点半,他讲完课刚回到宾馆的房间,就接到了一个奇怪的电话。打电话的这个人自称是学校的副校长,姓蒋。正是从他的口中,林宜生才大致了解了事情的经过。除了代儿子不断地道歉之外,他一时没有找到请求学校减轻处罚的任何理由。蒋副校长对他的道歉没有什么兴趣。

"这件事已经过去了,没什么大不了的。"蒋副校长道,"现在网上这类乱七八糟的视频文件很多,孩子正在青春期,出于好奇,浏览一下,也不是什么大事。我们适当地加以批评引导,家长再配合我们做做孩子的工作,也就行了。我现在要跟你说的,是另一件事。"

蒋副校长告诉他,楚云中午到校后,先去找了孩子的班主任。班主任将她带到校长办公室的门前,就径自离开了。接下来,在校长与楚云谈话的过程中,到底发生了怎样的事,"我们暂时还不得而知",但"校长一定是对您太太做出了什么不适当乃至是侮辱性的举动,两个人在办公室大打出手。据说,您太太是捂着脸,哭着跑出办公室的"。在楼道里扫地的清洁工和恰巧从那路过的一位实习生都可以做证。"这样一来,事情的性质就变了。我们希望您太太如实地向我们反映情况。虽说他是一校之长,虽说他的大舅子位高权重,但在法律面前,人人平等。在查清事实之后,我们会及时向教育局反映情况,如果事情确实比较严重,我们也可以直接向派出所报案,寻求司法介入。"

儿子在学校惹出的事情,引出这么一个结果,是林宜生完全没有料到的。他需要一些时间让自己平静下来。他想起了"急事宜缓,忙则多错"的古训,只是客气地说了句"我稍后再联系您",就挂断了电话。

在开车返回北京的途中,林宜生给伯远的班主任打了电话。他提到了蒋副校长,班主任一直在嘿嘿地笑。末了,班主任道:"蒋歪嘴这个人,无风三尺浪。他的话,你一句也不要相信。"接着,班主任向他扼要介绍了事发经过。

事情其实很简单。一开始,校长对楚云很客气,还给她泡了茶。他大致说了说事情的经过,楚云却一口咬定伯远不可能接触什么淫秽的视频,"他连电脑都没有,又能去哪里下载那些东西。学校一定是搞错了。"校长耐心地解释说,他们不可能搞错。负责看管电子阅览室的老校工将他们逮了个正着。这位老校工,每年都被评为学校的A+员工,为人是信得过的。再说,伯远本人也承认了。楚云道:"俗话说,经目之事,犹恐未真。您怎能听凭一个老眼昏花的校工的一面之词,就仓促下结论?他们几个屁孩聚在阅览室,或许只是在玩电脑游戏。你们最好再调查调查。"校长说,关于这一点,无须再作什么调查。因为他们手里现有的证据是确凿无疑的。楚云就问他到底有什么证据。校长见她盛气凌人,不依不饶,一下就来了火。他说了句:"您自己看吧!"就点开了电脑上的一个文件,并把桌上的电脑屏幕转向楚云一侧。楚云趴在电脑前看了看,一下就被激怒了。她也不说话,站起身来就将杯里的茶水泼了校长一脸,头也不回地出了办公室。

"事情呢,就是这么一个事。"班主任最后说,"校长后来也做了自我反省。无论如何，他确实不应该当着一位年轻女士的面，播放这些不雅视频。事情的真相到底如何，您回家问问太太，也就一清二楚了。"

27

伯远在阅览室聚众看毛片这件事，经楚云从中一搅和，最后不了了之。学校没有给孩子任何处罚。那个移动硬盘，在被删除了所有视频文件后，又重新回到了伯远的手中。

不久之后，班上的体育委员转学去了四中。在老贺和班上几个男生的一路保举下，伯远在民主选举中高票胜出，接替了体育委员的位置。用老贺的话来说，大小也是个官了。楚云提醒宜生，既然伯远已经知道男女之事，不如索性找个机会跟他好好谈一次，"这个年纪的孩子最难弄。说他不懂事吧，似乎什么都知道；要说懂点事吧，又是糊里糊涂，一派天真。"

到了周末，林宜生带伯远去中关村购物广场，看了部3D电影。散场之后，父子俩走进了大厦二楼的"嘉和一品"，找了个静僻的位置，各自要了一碗鸡茸蔬菜粥，一大盘肉饼，林宜生这才轻描淡写地问起移动硬盘的来源。

伯远说，那些视频是在老贺父亲的"绝密文件"中发现的。

其中最刺激的,是一个名为《锤击》的动漫电影。伯远问他想不想知道这个电影的内容,林宜生立刻严厉地制止了他。犹豫片刻之后,他换了一个话题。

"你们学校,有没有开生理卫生课?"

"开啦,可只上了一节课,就被取消了。"

"为什么要取消呢?"

"没法上啊,老解头往讲台上一站,全班就笑成了一片。你一句,我一句,又是跺脚,又是拍桌子,起哄架秧子呗。老解刚挂出生殖器的解剖图,就有人在底下喊,老师,什么叫作'生殖器'啊?老解头的脸一直红到脖子根,最后把手里的粉笔一扔,嚷嚷道:'你们全都懂是不是?好吧,这课我是讲不了啦,你们看书自学吧。'"

"可是,这些个知识,正是你们这个年龄的人应该知道的呀!"

"知道得太早也不好,"儿子反驳道,"刘家堃的妈妈是儿童医院的大夫,她从国外邮购了全套的生理图集让他看,结果家堃初二就学会了手淫。"

"你别老跟我说什么刘家堃,说说你自己,你呢?你有没有过这方面的事?"

"你指的是什么事?"伯远认真地望着父亲,放下了手里的汤匙。

这次该轮到林宜生脸红了。他的眼睛不知道往哪看。

"你说的,是不是贾宝玉初试云雨情啊?"儿子问道。

"就算是吧。"林宜生忍住笑，竭力在脸上堆出愠怒之色，"你不妨说说看。"

"说实话，就差一点。"

"差一点，是什么意思？"

"还真是差一点。就差那么一丁丁点。"

伯远告诉宜生，去年春节前的一天下午，他去肖家河找蓝婉希玩。她家的阿姨回安徽老家过年去了。婉希问他能不能帮着收拾一下屋子，伯远就答应了。他先是把满满一水池的碗都洗干净了，又去帮她墩地。作为对他卖力干活的奖赏，婉希破例允许他在沙发上休息时，将头搁在她的大腿上。

天阴黑阴黑的，窗外飘着小雪花。

婉希俯下身子，在他的脸上亲了一下，又迅速弹开了。伯远静静地躺着，咧开嘴，望着她傻笑。

当他感觉到有泪滴掉在自己脸上时，才发现婉希在哭。伯远问她出了什么事，婉希也不吱声，只是不断地抽纸巾擦眼泪。过了好一会，婉希推了他一下，一脸坏笑扒在他肩头，小声道："问你一件事。你可得说实话。"

"什么事？"

"你想我吗？"

"想。做梦都想。"

"想我什么？"

"就想跟你待在一起。每时每刻，分分秒秒。就是这样。"

蓝婉希咬着嘴唇，泪眼模糊地望着天花板。接着，深深地吸了一口气，把嘴凑在伯远耳边，对他说："听我说，我给翰文做过的事，一样可以对你做。我和他没有做过的事，也可以对你做。你明白我的意思吗？你想好了，我们这会就上楼，怎么样？爸爸妈妈去阜石路的山姆店买年货去了，一时半会还回不来。"

"你是说……我们现在就上楼？"

婉希认真地点了点头。

"然后呢？"

婉希看上去有些生气，齉着鼻子道："你不要明知故问好不好？你要是不想，那就算了，就当我什么都没说。"

"可你这么做，到底是为什么呀？"

"不为什么。我要让姓陈的那个烂白菜帮子知道，见异思迁是什么后果！"

此时，伯远的小心脏都快跳到嗓子眼了，有点受不了。他对婉希说，他需要冷静一下，好好想一想，再作决定。

窗外的雪越下越大。靠近窗户边院子里有一棵柿子树，两只灰喜鹊一边啄食着枝丫上残留的烂柿子，一边喳喳地叫着，警觉地打量着四周。伯远的头枕在婉希的大腿上，望着窗外那两只灰喜鹊，很快就发现了一个生物学上的"重大秘密"：灰喜鹊总是先把一整只柿子连同它的根蒂全部啄食干净了之后，才会去吃第二只。

当伯远打算将他的最新发现告诉蓝婉希的时候，她忽然不耐烦地把他的脑袋挪到了沙发上，自己怒气冲冲地上了楼。

那天傍晚，伯远回到家中就发起了高烧，在床上躺了三四天。

新学期开学的第一天，伯远在校园里撞见了蓝婉希和陈翰文。他们两个，手拉手，各自举着一串冰糖葫芦，正朝校门口走来。伯远兴冲冲地跟他们俩打招呼，可他们谁都没有搭理他，径直从他身边走过去了。

尽管如此，伯远还是觉得，在婉希家度过的那个寂静的午后，也许是他一生中最美好的时光。

"怎么样，老爸，是不是很美好？"伯远出神地望着他父亲，整个身心似乎仍然沉浸在灰喜鹊雪中啄食柿子的情境里。

"的确很美好。"林宜生道，"人的一生中会有许许多多个这样的时刻。生命之所以值得珍惜，正是因为我们拥有一个个这样的瞬间。"

接着，他对儿子在关键时刻表现出来的冷静和克制大加赞赏。

在伯远的记忆中，父亲还是第一次这样毫无保留地夸奖自己。尽管父亲这些夸赞之辞，与老贺得知此事后"恨铁不成钢"的顿足惋惜，形成了明显的反差，伯远还是得意地笑了。父子俩出门走到了大街上，伯远主动搂着爸爸的腰，而宜生则时不时地抚摸一下他的小脑袋。在路边打车时，伯远认真地问他："老爸，你能不能帮我判断一下——"

"什么？"

"婉希对我，还是有那么点意思的吧？"

"也许吧。"宜生道。

28

到了这年的五月中旬，小院中的三棵无尽夏绣球，开始孕育出第一批淡白色的小花苞。花蕾藏在深绿色的卵形叶片中，起初很不起眼。随着气温的悄然升高，花萼开始绽放出一片迷离的粉红色，且以惊人的速度膨胀。仿佛一转眼，沉甸甸的花蕾就缀满了枝头，花色由粉白转为深红，风姿绰约，如火如丹。柔嫩的花茎承受不了硕大花球的重量，纷纷垂向地面。

伯远对宜生说，无尽夏的花语，意味着纯洁、忠贞和永恒的希望。他简直不敢想象，要是蓝婉希身穿洁白的婚纱，手捧一大把绣球，与恋人步入神圣的婚姻殿堂，那该有多美！至于婉希究竟牵着谁的手一起走进教堂，暂时还不在他的考虑范围之内。

为了防止炽烈的阳光灼伤花蕾，将叶片晒焦，伯远只让它们承受三四个小时的日照。每天中午，他都要专门回一趟家，给那几棵无尽夏支起用硬纸片做成的遮阳板。一位专门在附中门口趴活的黑车司机，负责来回接送。

一个多月之后，在硫酸铝溶液的作用下，新开的一批花苞终于呈现出梦幻般的纯蓝。可伯远却一点都高兴不起来。

他刚刚得到了一个令人忧伤的讯息。这年八月，蓝婉希就要离开北京，去新泽西留学了。

稍稍让他感到宽慰的是，蓝婉希与陈翰文已彻底分手。陈翰文的父亲当年参加高考时，以两分之差与清华大学擦肩而过，他不同意儿子仅仅因为前途未卜的恋爱关系，就中断国内的学业前往美国。他希望儿子在帮他圆了清华梦之后，再考虑出国留学一事。

有一次，在学校附近的餐厅里，伯远遇见了陈翰文。他与另一个女生坐在一起——后者正把一只剥好的虾喂到陈翰文的嘴里。伯远心中先是一阵窃喜，继而又怅然若失，为婉希感到难过。在蓝婉希最需要安慰的时候，伯远每天都陪在她身边。蓝婉希满含热泪向伯远抱怨说："我这辈子最大的悲剧就是看错了一个人。要是陈翰文像你一样，我一招手，他就像条小狗似的跟着我跑，那该有多好啊！"

伯远把这句话向宜生转述了一遍，并要求父亲帮他认真"分析一下"，这是不是"吓吓再来"回心转意的征兆？

宜生立刻沉下脸来，不客气地回答道："这不能说明任何问题。"

29

蓝婉希去了美国之后，与伯远保持着频繁的联络。为了保证伯远能及时收到她的邮件，林宜生终于同意在他的卧室装一台电脑。

婉希在邮件中说，美国不是不好，而是"一点都不好"。她说，班上的同学，不论是白种人、黑种人、黄种人还是混血的墨西哥人，都不愿意与她来往。如果仅仅因为姨妈开着一辆豪车每天送她去学校，或者，仅仅因为她有收藏珍稀琥珀、蜜蜡和祖母绿的嗜好，就故意疏远她，将她视为另类，"那也太他妈的心胸狭窄了吧。"她还说，有一天晚上从地铁站出来，三个长得像"吃人生番"似的家伙，在她身后不远不近地跟着，大喊大叫，一路吹着口哨。尽管他们并没有像她所担心的那样，将她劫持到一个阴暗的地下室去当性奴，可婉希回到自己的住处之后，发现自己"把裤子都尿湿了"。

婉希的每封来信，伯远几乎都要向宜生复述一遍，有时还不忘自作聪明地启发他的父亲："你难道不觉得婉希一个人在美国太可怜、太孤单，也太危险了吗？"

或者："你难道不觉得她的身边需要个能够陪伴她的人吗？"

林宜生表面上不动声色，可私底下已经在和楚云悄悄地商量送他去美国的事了。楚云说，像伯远这样的成绩，在国内考大学，最多也就上个"二本"，还不如"遂了他的心愿，让他去美国投奔意中人"。

到了这年的国庆节前，楚云成功地帮他申请了纽约的一所"贵族男校"，虽说不在新泽西，但两地相距并不太远。伯远如能通过十一月份的网络视频面试，他在第二年元旦之后即可入学。只是费用比较吓人。按照楚云的估算，昂贵的学杂费，加上他在纽约的生活费以及偶尔回国的机票钱，"每年四十万是跑不了的"。

那时,伯远早已中断了在附中的所有课程,每天乐呵呵地跟着楚云去新东方突击外语。与儿子的兴高采烈相反,林宜生的心绪却在一天天地坏下去。婚姻的挫折、即将出远门却懵懂无知的儿子、在木渎养老院里不断诅咒他的母亲,以及楚云近来的一系列反常举动,都像秋冬时节的脏雾一样,拢集在他的心头。

最近一段时间,林宜生发现楚云时常神情灰暗,愁眉不展。原先明朗而温和的眉宇之间,多了一层让他担忧的忧悒,陌生而尖锐,且无意掩饰。有时,她一连三四天夜不归宿。因为两人之间并无正式的婚姻关系,宜生也不便多问。谢安那句"中年以来,伤于哀乐",也一直盘旋在他的脑际。为了维持必要的睡眠,他不得不重新开始服用抗抑郁药物。他甚至暗暗希望儿子通不过十一月份的面试。然而,网络面试的实际过程,却是出人意料的顺利。两位面试官似乎有点敷衍了事。他们在视频中只和伯远聊了不到十分钟,就用一连串的"good""OK"或"excellent",为他的美国之旅开了绿灯。

圣诞节前的一天,曾静在北三环的"张生记"安排了一桌酒席,算是为伯远送行。除了楚云和赵蓉蓉之外,其他的朋友都悉数到场。

宜生的眼睛一刻也没有离开过儿子。

伯远还是那么腼腆。笑起来的时候,多少带有一点羞怯和局促不安。在众人的祝福声中,伯远也拿眼睛偷偷打量自己的父亲。

杨庆棠多少看出了宜生的伤感和郁郁寡欢。他在宜生的肩上使劲地按了一下，轻声地对他道："没事的，别担心。我每年都会去几次纽约。只要去，一定抽空去学校看他。"

周德坤也笑着宽慰宜生道："我在布鲁克林有个艺术家朋友，是西班牙人。今晚我就给他写信。托他照顾一下大侄子，一点问题没有。"

陈渺儿插话说，这个朋友，是在威尼斯的艺术双年展上认识的，前不久刚来过北京。人很风趣，也很细心，就是有个小缺点。宜生问她是什么缺点，渺儿道："他没事爱吸点海洛因什么的，艺术家都这样。"

曾静道："得了吧，还是让你们老周少掺和。万恶毒为首，这种人，还是远着点好。"

李绍基仍像往常一样沉闷。自始至终阴沉着脸，不发一言。临走时，他悄悄地塞给宜生一个篆书条幅，装在牛皮纸信封中。那是弘一法师圆寂前的偈语：

今日方知心是佛

前身安见我非僧

楚云没有参加这天的聚会。在宜生的这帮朋友中，楚云只与庆棠保持着联络。他们对于古典音乐有着共同的爱好。庆棠时常给她寄来国家大剧院或者中山音乐堂音乐会的赠票，还给她寄来过一本加拿大音乐家古尔德的传记。楚云原先已答应跟他去一趟拜罗伊特，参加欧洲音乐狂欢节。签证都已经办妥了，可楚云临时又改变了主意。庆棠一连给她发来了好几个手机短信，劝她珍惜这次难得的机会，并郑重许诺，到时候一定安排她与意大利钢琴家波里尼喝一次咖啡。

楚云的回复只有短短的四个字："不去。谢谢。"

30

在伯远启程前往美国的前夜，楚云没有回家吃晚饭。

十点半时，她打来一个电话。那时，她还在天津蓟县的一个偏远的小镇上。她担心这时候赶回来，路上不安全，"不如明天一早，我们在首都机场见面。我给伯远买了一条漂亮的红围巾。"

林宜生知道，楚云在伯远出国的前夕，去了蓟县的小镇，大概不会仅仅是为了给伯远买一条红围巾。这通电话无疑增加了宜生的烦躁和不安。

在美国那边，蓝婉希答应亲自赶往肯尼迪机场接机。这一事实，给宜生提供了些许安慰。只有不断地想象两人在机场热烈拥抱的画面，他空落落的心绪才会稍稍稳定下来。他把伯远所带物品的清单看了又看，并再次调试了一遍闹钟之后，这才打算去卧室里迷瞪一会。

他刚在床上躺下，就看见儿子穿着一身崭新的西装，打着领带，来到了他的床边。伯远在卧室的大穿衣镜前左右侧了侧身，不时捋一捋喷了定型水的头发，让宜生帮他看看这套西装是不是合身。

随后，他漫不经心地对父亲道："我也许应该告诉你一件事。"

宜生将身体往床铺的另一侧挪了挪，伯远就在他的身边躺了下来。

伯远说，差不多两个月前的一天，楚云在辅导他语文阅读的时候，曾给他讲解过叶圣陶的那篇《牛郎织女》。那不过是一篇极其普通的阅读材料。让他大惑不解的是，楚云讲到后来，不知为什么，忽然流下了眼泪。

伯远问她为什么要哭，楚云泪眼婆娑地望着他道："说不定哪一天，阿姨也会像七仙女那样，被雷神召到天上去……"

伯远道："难道您也是仙界的人物？"

"那倒也不是。"楚云勉强笑了一下，摸了摸他的头，"俗话说，兔子满山跑，还得归旧窝。"

"这么说，您要回山西？"伯远问她。

楚云没有回答这个问题，而是将阅读测验的答卷拿过来，耐心地向他解释唯一错掉的那道选择题，答案为什么应该是D，而不是A。

"你觉得她像不像仙界的人物？"宜生转过头来，望着儿子的脸。

"仙界不仙界的说不好，"伯远道，"我看她倒像是《银翼杀手》

里的机器人。说不定，她从外星空来到地球上，执行特殊的使命。"

"你真的不想睡会吗？"

"婉希让我一分钟都别睡。这样到了飞机上，一觉醒来，就已到达美国的领空了。"

父子俩有一搭没一搭地说着闲话。窗外黑沉沉的天空，也在一点点地亮起来。

伯远说，一旦他在美国安顿下来，就会去加拿大看望母亲。宜生提醒他，他母亲近来的境况不是太好。她和派崔克离了婚，和一个年纪很大的人生活在了一起。在短暂的静默中，林宜生看了一眼床头的那个闹钟，把儿子搂在了怀里。

他知道，也许下一秒，闹钟的铃声就会突然炸响。

31

送走了伯远之后，宜生和楚云从机场乘出租车返回市区。

宜生一直在问她，昨晚在哪儿过的夜。当着司机的面，楚云不愿意多说话。她只是告诉他，那个小镇在蓟县的盘龙山区，离平谷不远。当他们在五道口的城铁站附近下了车，在一家山西面馆的二楼坐定之后，楚云这才对他说："你还记不记得，我曾经跟你说起过，我有一个哥哥……"

一阵穿堂风过,正在翻着菜单的林宜生不由得打了个冷战。他怔怔地望着楚云,几乎立刻就猜到了她接下来会说什么。

"他还活着。"楚云平静地说道。

32

几个月前的一天,楚云参与接待了一个来自美国西雅图的教育考察团。美国客人旁听了她的两节英语课后,一位负责人提出来,他们很想去南锣鼓巷一带转转,问楚云能否给他们当一回导游。楚云来北京快两年了,可从来没去过那个地方,她就叫上了同事许倩一起去。她们陪美国人去"文宇奶酪店"品尝了红豆双皮奶,又去一家名为"Pass by Bar"的餐馆去吃羊肉串比萨。路过中央戏剧学院的小剧场,美国朋友执意要进去看一眼最新话剧的彩排。

走在熙熙攘攘的人流中,一个高个子、稍稍有点驼背的美国人被挤得东倒西歪。他不停地朝楚云龇牙咧嘴做鬼脸。他们的胳膊不经意中碰到了一起,老外就紧紧地捏住了她的手。

楚云想起当年刚到芝加哥时,她在街上遇见了第一个与她搭讪的老外,那人就"随手"搂住了她的肩膀。他问楚云可不可以一起去喝杯咖啡。刚到美国的楚云,觉得拒绝人家有点不太礼貌,就怯生生地答应了。那个人将她直接带回了自己的公寓。楚云糊里糊涂地跟他上了床。尽管那个波多黎各裔的美国佬并不让人讨厌，但事后还是觉得有点屈辱——一个美国穷学生，随便将手往自己肩上一搭，就能让一眼相中的猎物无所遁逃，想起来确实有点丢脸。

"People living in Beijing will probably never get melancholy."驼背老外搂着楚云的肩膀，让陌生人给他俩照相时，忽然对她道。

"Maybe not,"楚云感觉到了对方一连串的举动，明显超出了一般礼仪的规矩，就不客气地纠正对方道，"But my currentboyfriend is suffering from severe depression."

"Then he should come to South Luogu Lane often."老外哈哈大笑。他的手很快就松开了。

在暗中开始的试探，也在暗中结束。

他们走进了一家老旧的四合院，坐在院子里喝茶。

许倩在四合院隔壁的一家首饰店里看中了一条纯银的项链，招呼楚云去帮她砍价。一条标价五百六十元的纯银项链，楚云开口就杀到了一百二十元。没想到，女店主没有丝毫的迟疑，就把那条项链取下来，戴在了许倩的脖子上。就在这时，楚云看见一个熟悉的人影，从马路对面的一家酒吧里走了出来。那人戴着一顶深棕色的藏式毡帽，帽檐压得很低，站在门廊下的荷花缸边上，正在打电话。

她和许倩离开了首饰铺，仍旧往四合院里走。许倩正向她抱怨"一百二十块钱也肯卖，这银子会是什么成色"时，楚云又一次回过头去，朝街对面张望。当她终于看清树荫中酒吧的英文招牌时，心里不由得咯噔一下。

那家酒吧的名字有点怪，叫作"Comet"。

头戴藏式毡帽的那个人，这会已经离开了酒吧的门廊，一边打着电话，一边往前走。那顶毡帽漂浮在拥挤的人潮中，一路向东。当他走到街角的一个邮局边上，踅入一个小胡同，转眼就不见了。

几分钟后，楚云急匆匆地过马路，来到了这个邮局的门口。

许倩在她身后大声喊她，楚云未予理会。

邮局的旁边，是一条朝北的狭小胡同。奇怪的是，在如此喧闹嘈杂的街区之中，这条胡同里却人烟稀少，空空荡荡。楚云依次经过一家专卖瓷器的店铺、一家书店和一个冰激凌店，很快明白了这条胡同人迹罕至的原因。在距离街口的邮局约两三百米的地方，由于管道施工，道路被拦腰挖断。在树木的浓荫之下，一道蓝色的铁皮挡板横在胡同中间，挡住了她的去路。几个头戴黄色安全帽的筑路工人，正用电镐轰击地面。在震耳欲聋的电钻声中，楚云不得不转过身来往回走。她来到了胡同的另一侧，把所有的店铺都转了个遍。

她没再见到那个头戴藏式毡帽的人。

当天晚上，楚云坐在书房的电脑前，查到了几年前网站上那条旧新闻。

8月13日上午8点，哥哥被押上一辆囚车，前往公判大会的现场。差不多两个小时后，在太原南郊一个名叫"大校场"的地方，他在蒙蒙细雨中被执行枪决。新闻中还提到，当天被行刑的七名死囚中，哥哥是唯一拒绝会见亲属的人。在那则新闻所配发的公判现场照片中，楚云一眼就认出了她哥哥。他的头一直垂到了胸前，楚云没法看到他脸上的表情。

仔细推算起来，哥哥完成自己在人世间的最后一个仪式时，楚云正坐在芝加哥富丽堂皇的音乐厅中，欣赏布鲁克纳的《第八交响曲》。她不知道哥哥在自愿放弃会见亲人的权利时，有没有想起远在美国的自己。当楚云获知哥哥的死讯之后，她床头的台历从此未再翻动，渐渐地积满了灰尘。

楚云在书房里独自流泪时，伯远推门进来，问她愿不愿意陪他去看一部电影。即便在这个时候，楚云仍没忘记提醒他，在进入她的房间之前，一定要先敲门。宜生前些天刚给伯远买了电脑，他的兴奋劲还没过。伯远说，这部电影是贺胖子向他推荐的，据说有点吓人。楚云随即关闭了新闻网页，跟着伯远，来到了他那间朝北的卧室。

在楚云看来，这部名为《西部世界》的电影，除了稍微有点血腥之外，也没有什么令人恐怖的情节。只是在机器人的世界中，生命可以像海浪一般无尽地循环往复。在欣赏这部电影的过程中，楚云的记忆也一直在不断回溯。纷乱而不堪回首的画面，最后被定格在了滨河西路的那处石桥边。仿佛，那个躺在草篮中的女婴，

《富岳三十六景》

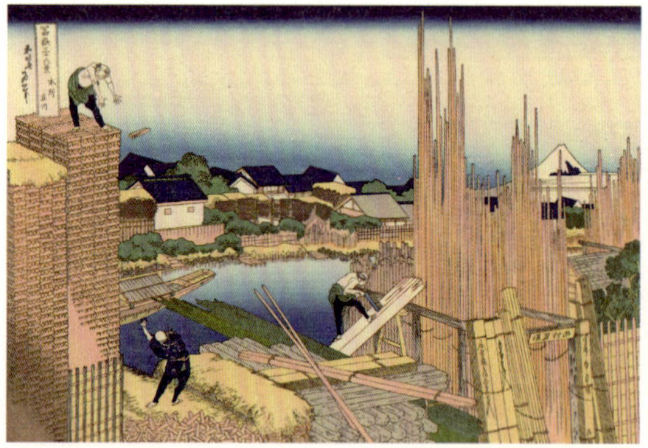

真的能够听见解放东路小学的下课铃声,记住在放学途中向她走来的那个影影绰绰的少年。

楚云不断地提醒自己,那个头戴藏式毡帽、从"Comet"酒吧里走出来的人,或许只是不相干的另一个人。

但她无法接受一个没有哥哥的世界。

33

从那以后,几乎每个周末,楚云都会来到南锣鼓巷的"Comet"酒吧,要上一杯"哥伦比亚特选",静静地望着窗外的人流,在那里待上两三个小时。有时,她也会喝点带冰的"Campari"。她有点喜欢它那枯涩的苦柑味。

在大部分时间里,酒吧里只有她一个客人。

酒吧的楼梯口有一个小门,通往东侧的一个小天井。她每次来到这里,都能听见天井的厢房里传来悠扬的京胡声。几位票友正跟着一位男旦学唱京戏。时间久了,琴师一拉过门,楚云也能跟着哼上一段《武家坡》或《黄连苦胆味难分》。

酒保是一个留着山羊胡子的中年人。他总是站在柜台里,拿一块白布,没完没了地擦着酒杯。每当他擦完一只,都要将杯子举到灯前,晃一晃,确定它已纤尘不染、玲珑剔透之后,才将它倒挂在头顶的杯架上。

有一次，在付账时，当楚云问他，为什么自己来了很多次，店里都只有她一个顾客时，扎着黑色领结的酒保笑了笑，对她说："您也可以这么理解，这个酒吧是专为您一个人开的。"

这句平常的玩笑话，仿佛是变幻莫测的命运所传递的一个暗语，让楚云想了很久。尽管她知道，期盼在这里遇见哥哥的想法，过于虚妄和荒谬，但她的内心藏着一个执念：如果自己与死去多年的哥哥还存在着某种联系的话，"Comet"酒吧或许就是仅有的纽带。

国庆长假的第二天，楚云在酒吧里坐了整整一个下午之后，正打算离开，外面突然下起了大雨。

很快，暴雨驱散了喧闹的人流，把街道腾空，将隔壁的京胡声完全遮盖住了。酒吧里一片阒寂。这时，一位身穿西装彬彬有礼的年轻人，快步走到了她的跟前。他低声地对她说了句"请您跟我来"，随手递给她一把雨伞。

当她昏昏沉沉地跟着这个陌生人出门的时候，在飒飒的雨声中，楚云回过头去，用询问的目光看了一下酒保。此时的酒保，就像电影中老谋深算的地下交通员，意味深长地冲她点了点头。

她上了一辆停在马路对面的丰田越野。这辆车带着她，沿着空无一人的街巷，径直往东，在雍和宫附近上了二环。楚云几次设法与这个年轻人套近乎，他始终一声不吭。大约二十分钟之后，越野车在一幢海豚式的写字楼西侧，驶入了地下车库。她一步不离地跟着他，坐电梯上到十九层，然后沿着玻璃长廊一直走到尽头，在一家口腔诊所的隔壁换了另一部电梯。

年轻人将她领到顶层的一家私人会所门口，说了声"到了"，随后就离开了。

一位四十来岁的女人将她迎到客厅里坐定，很快就给她端来了一杯咖啡。她告诉楚云，董事长还要半个小时才能赶到。雨下得太大了，路上不太好走。楚云没有办法抑制住自己狂乱的心跳，因为她闻到了熟悉的气味——那是唐·卡洛斯雪茄特有的陈旧、略带甜味的香气。

她蜷缩在沙发里，眼睛一动不动地盯着落地窗上层层下泻的雨水。落地窗的外面是一个灰暗的大露台。在钢筋丛林中闪烁的灯箱和广告牌，犹如蜃景般，稠密而模糊。

34

楚云告诉林宜生，哥哥仍然活在尘世这一事实，除了他本人之外，参与办案的刑警大队的副队长知道，法院的一两个主审法官知道，冒用他的名字在"大校场"被枪决的死者的遗孀知道，一心要取他性命的"秃妖"也知道，而被蒙在鼓里的正是法律。也就是说，只有在法律的意义上，他才算得上是一个死者。

不过，危险始终存在。甚至也可以说，哥哥旦夕之间的真正死亡，随时都可能发生。这也可以解释，为什么辉哥明明知道妹妹从美国回来之后一直待在北京，却没有贸然与她联络。

"这件事，是不是有点太离谱了？"宜生在吃完刀削面之后，又给自己要了一瓶啤酒，望着楚云的脸，"我是说，仅仅因为看到了一个跟你哥哥长得有点像的人，你就一连几周去那家酒吧等他，这听上去，是不是不合情理？更何况，早在四五年前，你就已经从新闻里知道了他被枪决的消息……"

"我相信哥哥还活着，还有一个重要的理由。"楚云顿了一下，有点拿不定主意要不要把这个理由说出来。她从宜生的烟盒中取出一支烟点上，猛吸了一口，这才道，"你还记不记得，我曾经跟你提起过，哥哥早年还在临汾的时候，开过一家名叫'彗星'的酒吧？"

"你好像说过这件事。至于酒吧的名字，我早忘了。"

"Comet 翻成中文，就是彗星。"

楚云说，她从美国回到北京后的两年来，哥哥其实一直在她身边，不曾须臾分离。辉哥知道她落脚在海淀的六道口，知道她在新东方教书，当然，他也知道楚云与林宜生同居这件事。为了让妹妹远离可能会有的危险，他一直没有惊动她。

她还提到了这样一件事，作为她哥哥"无所不在"的证据。

她在六道口租了一个两居室的房子，隔壁住着一个韩国人。这人每到周末都会招来一帮男女喝酒取乐，闹得她整晚睡不了觉。一天凌晨，她实在受不了震耳欲聋的吵闹，就去隔壁敲门。喝醉了酒的韩国人，用更大的嬉闹声来欢迎她，还用蹩脚的中文邀请她进去一块喝一杯。她跟小区的物业交涉过几次，但没有任何效果。正当她琢磨着要不要去东升派出所寻求警察帮助的时候，那个韩国人忽然主动登门拜访她，给她送来了韩国化妆品和正官庄的高丽参，还有两柄写有"文化财"字样的纸扇，并为过去"愚蠢的行为"向她道歉。从那以后，只要在小区里遇见那个韩国小伙，他都会立刻站住，远远地朝她鞠躬。每次他们在电梯口遇见，韩国小伙总是礼貌周全地对她说："前辈，您先请。"

楚云告诉他，辉哥虽然在南锣鼓巷、沙河和东直门都有栖息之地，但他更喜欢待在天津蓟县附近的盘龙谷。除非有什么特别的事，平时他很少进城。她昨晚给宜生打电话时，就在盘龙谷的乡间别墅里。哥哥郑重其事地告诉她，"近来情况有点不太妙"。他提到了当年在机场告别时给她的那张名片。他问楚云，她从美国回到北京之后，有没有给那个名叫"僧肇"的联系人打过电话。楚云说，她因为实在不知道在哪儿可以买到进口的绣球，抱着不妨一试的念头，给他发过一个短信。没想到对方真的派了一个人过来，带她去了昌平的"胖龙"公司。

辉哥点了点头，没再说什么。

第二天凌晨，楚云从盘龙谷离开时，哥哥特地叮嘱她，至少在未来的半年中，他们之间不能有任何的联络，包括电话和手机短信。

"有可能的话，"宜生转身去招呼服务员，准备结账，"能不能让我见见你哥哥？"

楚云对着化妆盒上的镜子，抹了一点唇膏，抿了抿嘴，轻声道："告诉你一件事，你听了千万别害怕。"

"什么事？"

"其实，你们俩见过面。"

"怎么可能？"林宜生从钱夹中取出一张百元的钞票，却没有递给站在一旁的女服务员。他一脸木然地望着楚云，眼睛里带着醉汉般的惊骇。

"我也说不好到底是哪一天，他一个人悄悄地溜进了你讲课的第四教学楼。他坐在阶梯教室的最后一排，认真地听完了两节课。他说你人很好。另外，你能把理论课讲得那么生动有趣、引人入胜，也让他感到由衷的敬佩。他还说，那么多的地方争相请你去讲学，看来绝非浪得虚名。"

"黑道老大的赞美，让我有点受宠若惊。我不知道是该感到高兴呢，还是羞愧。"林宜生语含讥诮地对楚云道。他不知道还有多少荒诞而离奇的事情，在这个看似坚固、结实的现实中发生。

"他是一个很温和的人。待人接物，也与常人无异，没你想象的那么可怕。"楚云将套在椅背上的大衣取下来，递给林宜生。

他们经由一条油腻而肮脏的楼梯，来到了大街上，沿着成府路往西走。

"记得听你说过，你还有一个双胞胎的妹妹，怎么样，有她的消息吗？"在路口等红灯时，宜生问她。

楚云转过身来，对他笑道："你有没有想过，现在站在你面前的这个人，也许就是那个妹妹……"

"我有点不太明白你的意思。"

"我是说,现在站在你面前的这个人,与你第一次在'盒子'咖啡馆见到的外语老师,也许并不是同一个人。"

冷风吹在她脸上,轻轻撩动她额前的发梢。黑色的羽绒大衣,湖蓝色的丝巾,衬出她脖子上柔嫩而白皙的肌肤。

"那样更好。"宜生哈哈大笑。他好长时间没有这样纵声大笑过了,"今天晚上,我倒要好好验证一下,妹妹和姐姐,到底有多大的不同。"

楚云说,她还得去一下单位。下午三点有一个年终总结会。他们走到五道口城铁站,楚云上了一辆停在路边的出租车。

宜生打算回家好好补上一觉。最好一觉醒来,就能接到伯远从肯尼迪机场打来的电话。

35

四月初的一天下午,宜生和楚云从小区的西门出来,准备去马路对面的"曼珠沙华"喝茶。

中关村北大街的十字路口,刚刚发生了一场惨烈的车祸。据说,一位驻外使馆的外交官,在和妻子过马路时被一辆疾驰而来的路虎车撞飞，接着又遭到了渣土车的碾压。死者安静地趴在斑马线上，碎裂的头颅边有一只被车轮压扁的高跟鞋和一个黑色的公文包。

死者脚上穿着的那双红袜子，撩拨着宜生内心深处纷乱的记忆，既苦涩，又令人心迷神驰。他的眼前忽然浮现出长在溪谷边的一棵野桑树——麦秋时节的桑树亭亭如盖，成熟的桑葚因无人采摘，落了一地。

林宜生踮起脚，隔着稠密的人群朝马路上张望，而楚云则远远地靠在小区门房的窗口，专注地低头看手机。不为与自己无关的事而费神，是她生活中的一贯原则。林宜生还注意到，一个束发盘髻的道士，身穿青蓝色布袍，斜挎月牙包，站在离她不远的地方，正试图与她搭讪。

既然警察在路口设置了警戒线，林宜生只得招呼楚云，绕开车祸现场，从更远一点的人行天桥过马路。当楚云朝他走过来的时候，那个道士一直在身后跟着她，嘴里不停地说着什么，露出被烟渍染黄的一口烂牙。

每年清明前后，"曼珠沙华"茶社那两株名贵的西府海棠到了花盛期，丁老板都不会忘记给宜生打电话。喝茶兼赏花，赏花顺便喝茶，反正都是一个意思。

在此之前，赵蓉蓉给林宜生发来了一个短信，问他是否有时间见个面。宜生正想当面和她谈谈那笔二十八万的欠款，立刻回信表示同意，并不无矫情地加上了这样一句话：

好久不见，还真有些想念。

很快，赵蓉蓉的回信来了：

在哪儿见？还有别人吗？

既然有丁老板邀他去喝茶这一节，林宜生就将见面的地点定在了褐石小区对面的"曼珠沙华"茶社，时间是下午两点。宜生还特地提醒她，待会见面时，会给她介绍一位"新朋友"。

等了半天，对方终于有了回音：

好吧。

在过人行天桥的时候，楚云仍然没有忘记刚才缠着她算命的那个道士。楚云说，这道士脸色蜡黄，举止乖戾，跟一般的算命先生有点不一样。他自称来自华阳观。一照面，这人奸刻、阴狠的目光，就不由得让人心里一阵阵发怵。他的言语中夹杂着恶毒的威胁，笑起来的时候，眼神里透出不加掩饰的淫秽和恣纵。为了让楚云对他的神通心悦诚服，他居然准确地说出了她不为人知的离奇身世。最让楚云不能忍受的是，当她客气地告诉对方，她从来不给自己算命时，这个道士竟然涎皮赖脸地对她说："没关系。我们很快还会见面的……"

林宜生还是第一次看到楚云的脸上露出慌乱之色。他不由得扭过头去，朝褐石小区的大门口望了一眼。两位交警和几位协管员正围在那儿抽烟聊天，那个道士已不见了踪影。

林宜生和楚云来到茶社，还不到一点半。他们在靠近柜台边的南窗下找了位置坐下，服务员端来了两杯柠檬水。柳莺唧唧咯咯的欢叫，与灰喜鹊的喳喳声彼此应和，从窗外的树篱深处传来，一会远，一会近，让人宛若置身于江南的春山之中。楚云一直在端详着墙上那幅扇面上的诗句。从书法字体来看，有点模仿启功的笔意，而字里行间却流露出过来人心境的复杂况味，虽不免伤生之叹，也有看透世事后的淡然与沉静：

停来跛履登山屐
振起灰心对酒歌

随着桌面上手机一阵轻微的振动，赵蓉蓉发来了一条新短信。她在东三环遭遇拥堵，看来一时半会赶不过来。

又过了大约十分钟，赵蓉蓉打来了一个电话。她的车在四元桥附近与一辆小货车发生了剐蹭。虽说不太严重，但她必须在原地等候警察前来处置。考虑到她第二天一大早就要启程前往南非，行李还没有装箱，下午的茶叙看来只能改期。也许是为了对自己的失约表示一点歉意，蓉蓉很快又发来一则短信：

听说你已另择佳偶，可喜可贺。等我回国之后，可否给我一个做东的机会，朋友们一起聚聚？

原先占据了茶社小院的一帮客人离开后，丁老板满面春风地走了进来，请他们去院中喝茶。

在经过门廊下那两株西府海棠时，丁老板特地介绍说，海棠树的幼苗，是他二十年前去宝鸡出差时，专程背回来的。和常见的绿皮海棠不同，它的枝干是深黑色的，缀满枝头的洁白花蕊，透着一层胭脂般的红晕，显得越发娇艳。楚云对海棠没什么兴趣。她说，北京的园林部门有意将西府海棠作为行道树，弄得哪哪都是——在褐石小区的理发馆门口就有三四棵，终于把风韵绰约的西府名花，弄成了庸常厌腻之物。真的想观赏海棠的话，不如去潭柘寺。那儿最老的一棵海棠树，少说也有一百五十年的历史，累累纷披的花朵笼住了大半个殿宇，遮天蔽日，满院满墙……

丁老板只得呵呵地傻笑。

36

幽静的小院中暂时只有他们两个人。阳光懒洋洋地照在他们身上。没有一丝风。前一批客人留下满地的瓜子壳和纸屑，还未经打扫。

循着空中的雪花似飘落的柳絮，林宜生抬起头来，看了看院里的那棵百年垂柳。这棵垂柳的树干上缀着几个白色的树液袋，通过细细的塑料软管和针头，向树身输送营养。看上去，这棵老树就像一个浑身插满了管子、处于弥留之际的病人，正将体内残存的最后一丝活气逼出来，抽出稀疏而柔嫩的新枝，随风飘摇，在小院的一角洒下一片可疑的荫翳。

楚云说，濒死的枯树也能打点滴，她还是第一次见识。她还提到，几年前，在芝加哥南部的海德公园，医学中心的一位教授曾这样对她说：在如今的医学界，"治愈"这个概念已经不复存在。现代医学所孜孜以求的，只是"维持"而已。完全的康复已成为不可能之事。生活其实也差不多。就像这棵待死的柳树一样，这世界已经太老。说不上好，也说不上不好。活着就是维持。

林宜生安静地听着，没有吱声。

这是一个平常的四月的午后。但不知为什么，今天所遇见的所有事情，似乎都在给他某种不祥的暗示。惨烈的车祸、自称是来自华阳观的猥琐道士、赵蓉蓉的爽约、"曼珠沙华"生死永隔的花语、扇面上的诗句，以及这棵奄奄待死的百年垂柳，均有浮荡空寂之意，让他不免悲从中来，在浓浓春日的百无聊赖中，隐隐有了一种曲终人散之感。

昨天中午，他瞒着楚云，一个人悄悄地来到积水潭，找精神科的安大夫做心理咨询。安大夫跟他聊了一个多小时，最后这样对他说："如果你是一个普通的病人，我会建议你立刻入院治疗。

你们知识分子,自以为什么都懂,而且总是死要面子,讳疾忌医。"安大夫给他更换了药物,嘱咐他一定按时服用。

而现在,临出门时服用的丙咪嗪,正在发挥它强大的效力,在午后的阳光下,他感到四肢倦怠,昏昏欲睡。

趁着楚云在接一个电话,他趴在桌子上打了个盹。等到他一觉睡醒,阳光已经移出了这个小院。伴随着让他无法动弹的一阵脚麻,他感到了料峭春风中的一丝寒意。他去茶社的柜台付了账,穿过空无一人的小院,走到了门前的那畦菜地旁。

丁老板手执皮管,正在给新移栽的一棵鸡爪槭浇水。

他告诉宜生,大约半个小时前,楚云一个人先走了。当时,装运花木的农用小卡车就停在门口,挡住了茶社通往池塘边的那条狭窄的水泥路,她想都没想,就跨过竹篱,从院前的菜地里斜穿了过去。像是遇上了什么急事。

林宜生并没有往心里去。这样的事发生在楚云身上,并没有什么好奇怪的。他甚至都没有想到给她打个电话。他穿过圆明园外的中关村北大街,走进褐石小区的时候,还抱着一种"说不定回到家中,就能看到她来开门"的侥幸。

后来,当他一次次拨打楚云的电话,而手机中总是传来"您所拨打的电话已关机"这样的提示音时,宜生仍没有觉得这事有多么严重——毕竟,她没来由地离家不归,并非第一次发生。

五月中旬的一天,他来到了新东方的教学楼,在教室门外等到了那个名叫许倩的同事。许倩说,楚云已经一个多月没来上班了。尽管她一直打不通楚云的电话,还是给她代了两周课。最后,学校不得已录用了一个刚刚从北外毕业的硕士生,顶替了她的位置。

直到这个时候,林宜生才第一次把楚云那天的不辞而别,与"失踪"这两个字联系在了一起。

37

一天下午,林宜生上完课从教室里出来,接到了曾静打来的一个电话。她在工体西路一家台湾菜馆预订了座位,约他第二天晚上六点与朋友们小聚,"就当是给德坤、渺儿他们打个岔,让他们散散心"。他本应该问问,德坤夫妇到底出了什么事。因他急着要赶往马研中心参加一个博士生的预答辩,只得暂时将此事搁在一边。

周六傍晚,林宜生匆匆赶往位于工体西路6号的"欣叶酒家"。因路上堵车,他比预定的时间晚到了二十分钟。

赵蓉蓉仍未露面。

曾静抱怨说:"蓉蓉如今是发达了,再不愿意跟我们这样的没脚蟹来往。"德坤赶紧解释说,蓉蓉从南非回京后,马不停蹄,又去了海南岛。她到博鳌看房子去了。

林宜生很快就察觉到，包间里的气氛有点不同寻常。杨庆棠低头看手机。李绍基端坐在椅子上，双手交叠，闭目养神。德坤则心烦意乱地翻着菜单——他每点一道菜，都要小声向服务员叮嘱，里面别搁洋葱。陈渺儿眼泡红肿，刚才似乎一直在哭泣。众人阴沉着脸，都不言语。

宜生本打算说说楚云失踪的事，因见大家都有点心不在焉，话到嘴边，只得又咽了回去。

一阵难挨的静默过后，杨庆棠转过身来，小声跟宜生嘀咕说，按照他的观察，西方人，尤其是美国人所津津乐道的"政治正确"观念，有一种"向下运动"的趋势。原先是族别，再后来是性别，现在终于轮到了动物。这番话说得很隐晦，也很堂皇，但仔细揣摩话里的意思，又别有所指，且不无讽喻之意。林宜生笑了笑，提醒他："你刚才这番话，政治上就很不正确。"

杨庆棠正要说什么，陈渺儿猛擤了一下鼻涕，眼泪汪汪地道："都怪我，我怎么就忘了铁板牛柳里会有洋葱？小海还不到九岁。"

"若照人的年龄来推算，小海差不多已年近八旬，算得上是寿终正寝了。我看你也就节哀顺变吧。"曾静搂着渺儿的肩膀，劝道。

林宜生总算明白过来，在楚云失踪的这一个多月里，德坤家里发生了什么事。

38

半个月前的一天中午,德坤和渺儿在芍药居宴请一位江苏画院的艺术家。因见满桌的菜肴中有好几道没有动过筷子,怜贫爱老的陈渺儿就想起了他们家的保姆老宋。

老宋来自张家口的苇子沟,长得白白胖胖的,为人忠顺可靠,在他们家已待了六七年了。用陈渺儿的话来说,这个保姆除了思想有些封建之外,具有"下人"的一切优点。比如说,周德坤在创作《深渊大饭店》那幅油画时,在陈渺儿的竭力怂恿下,老宋终于同意为德坤客串一次裸体模特儿。但由于害羞,她身体僵硬,表情怪异,扭扭捏捏,怎么也无法呈现出周德坤所要求的那种"贬值的肉感和诗意"。这时,陈渺儿就在一旁耐心地开导她:为什么用双手遮挡自己的私处,在"艺术上"反而是丑陋的……

午宴结束时,陈渺儿将龙井虾仁、铁板牛柳打了包,带回家给老宋当晚饭。那天晚上,周德坤夫妇还要赶往中国美术馆,参加意大利家居艺术展的开幕酒会。不到五点,夫妇俩就挽着手出了家门。渺儿下午带回来的饭菜,老宋只吃了一半,剩下的一半用来喂了小海。

第二天早上,陈渺儿照例在小区的院子里遛狗。她发现原先总是活蹦乱跳、摇头摆尾地跑在她身前的小海,不知什么缘故远远地落在后面,两腿有些打颤。当它冲着路灯的柱杆撒尿的时候,竟然一个趔趄,瘫在了草地上。渺儿的心猛地往下一沉,立刻意识到小海的情况有点不太对劲。她留意到小海的尿液是深褐色的，像老抽酱油般的浓稠。趴在地上闻了闻，还有一股子血腥味。平时大大咧咧的陈渺儿，这一次心细如发，反应敏捷。她先是给"美联众合"动物医院的赵主任打了电话，让他做好急救准备。然后她拨通了周德坤的手机，命令他马上起床，开车到小区门口等候，"十万火急，刻不容缓。"

当渺儿抱着小海一路飞奔，冲到小区的东南门时，周德坤已经开着他那辆奥迪A8在门口等她了。在陈渺儿的催促下，德坤一连闯过了五六个红灯，在最短的时间内赶到了望和桥的动物医院。那时，赵主任带着一大群"狗医生"，已经在医院门口等候多时了。小海被直接送入了抢救室，照例是剃毛、验血、输液、吸氧、做B超。

大约一个小时之后，眉头紧锁的赵主任来到了"家属"接待室。他让陈渺儿夫妇仔细回忆一下，在最近的一两天中，有没有给狗吃过洋葱？陈渺儿回答是"绝不可能"，与此同时，她猛然记起了昨天中午饭桌上那盘要命的"铁板牛柳"……

陈渺儿马上给家中的老宋打了电话。

老宋在电话中说："我昨天看见小海剩下了几片洋葱没吃，就教育它要珍惜粮食，不要浪费。小海倒是很听话，吧嗒吧嗒，几口就将盆子撩干净了。"

赵主任见陈渺儿在骂保姆的时候，嘴里的脏字无穷无尽，就宽慰她说，现在还没到最悲观的时候。因"孩子"红细胞的造血功能被完全破坏，当务之急是赶紧给它输血。"能否尽快找到合适的血源并配对成功，这就取决于你们的运气了。我已经联系了至少六位愿意配型献血的狗主人，他们都很有爱心，眼下带着他们的狗宝宝，正在赶往医院的路上。我还通知了顺义狗场，让他们随时待命，一旦配型不顺利，他们那里的三十七条肉类犬将会立刻出发，火速赶来增援。"

不过，令陈渺儿最为担心的事还是发生了。

志愿者送来的六只小狗，加上顺义狗场的三十多只大型肉类犬，经过抽血比对，无一配型成功。陈渺儿发了疯似的给朋友们挨个打电话，而远在珠海的赵蓉蓉（她当时正躺在游泳池边的长椅上小憩）接到电话，立刻在互联网上发出了"紧急求助通告"。

第二天凌晨五点，一位来自通州的小姑娘，带着她珍贵的雪橇犬，开着一辆深红色的宾利越野车，赶到了"美联众合"医院。可这位"长得很像林志玲"的漂亮姑娘，对德坤夫妇十分冷漠。在她的狗被送往化验室抽血的过程中，姑娘一直拒绝与陈渺儿搭讪。她一声不响地回到车上，仍旧戴上耳机，靠在座椅上翻看一本时装杂志。周德坤不知从哪买来了几个肉包子，硬要从车窗里塞给她。大概是包子漏出的汤汁弄脏了她的裙子，姑娘怒目圆睁，骂了他一句："你他妈有病啊？"并随即升上了车窗。

周德坤吃她一骂，一时怔在车旁，半天回不过神来。这也不能怪人家。她能凌晨四点独自开车从通州赶来，她的爱心和诚意是无须怀疑的。

化验结果很快就出来了。通州姑娘带来的雪橇犬，血型与小海"有一个小指标"不太吻合。在陈渺儿的再三坚持下，赵主任权衡了半天,最后决定冒险一试。这导致了小海的病情急转直下。

到了中午,周德坤已通过关系,联系上了北三环的另一家医院。这是一家专门给海关和公安的警犬看病的专业医院,平常并不对外。据说,这家医院在动物界地位,等同于人类的301。就在周德坤驾车转院的途中,小海在陈渺儿的怀里与世长辞。当时,自知大限将至的小海,将它的脸紧紧贴在渺儿的脖子上,发出了呜呜的持续悲鸣。小海在弥留之际的回光返照,被渺儿误认作起死回生,她又是哭,又是笑,对德坤喊道:"小海会叫了,没事了。两天不吭一声,这会儿终于会叫了。我们坚持输血是对的。它的这口气缓过来了。"

她不知道,那是小海拼尽仅剩的一点力气,在向她作最后的告别。每一声呜咽,听上去都像是温柔的"妈咪"。一阵猛烈的抽搐过后,小海终于不再动弹。陈渺儿感觉到它的身体在自己的怀里一点点地变凉、变硬,泪似泉涌,心如刀绞。

它的最后一泡尿撒在渺儿的腿上。

第二天上午,在昌平的一家长满了白毛杨的小院中,小海的遗体被送入焚尸炉。殡仪馆最好的骨灰盒也才不到四千元。陈渺儿觉得用这样一个做工粗劣的木盒来存放骨灰,有点对不起"儿子"。

夫妇二人抱着小海的骨灰,回到了小区的院中。他们打着一把大黑伞,把平常遛狗的固定线路重走了一遍,来为它招魂。最后,他们将骨灰盒安放在客厅的条案上,位于林风眠的一幅早期风景画的正下方。四周堆放着供品、鲜花和小海的各色玩具。

一切布置停当之后，陈渺儿把正在厨房清洗抽油烟机的老宋叫到了客厅里，结结实实地给了她两记耳光，命令她即刻卷铺盖走人。

那天下午，老宋哭哭啼啼地拎着两只沙皮袋准备离开，德坤有点于心不忍，要下楼送送她，遭到了陈渺儿的厉声喝止。

老宋走后没两天，又和她的丈夫找上门来了。

她丈夫老杨是个瘸子，看上去老实巴交的，见人只会傻笑，连句囫囵话也说不周全。费了半天的劲，德坤才弄明白他们的来意。老杨说，如今政府不让养羊了，说是要搞环保。去年的土豆和莜麦收成也不好，两个小的在读书，一个大的要结婚，全家老小都指望着老宋的这点工钱。"老宋不该逼你们家小狗吃洋葱。可在我们乡下，狗是贱命，别说洋葱，就是吃火药也死不了。咱家那条老狗，过年时叼起半根点燃的大炮杖，炸豁了半边脸，还活了四五年。要不是大儿子嘴馋，一棍子把它敲死了炖肉吃，现在兴许还活着呢。"

一席话，说得陈渺儿从里屋的床上跳了下来。她气咻咻地冲到了客厅里，指着老杨的鼻子嚷道："要钱可以，你狗日的跪在我们家小海的灵前，咚咚咚，磕上三个响头，我就把老宋的工钱算给你。"

老杨脸上的表情既惊愕又痛苦。他咧开厚厚的嘴唇，笑了笑，对渺儿道："大妹子，你说的这叫个什么话，这人怎么能给狗磕头？"

"不磕是吧？不磕给我滚蛋。还有脸来讨工钱，我没去法院告你'过失杀人',就够意思了。再像叫花子似的赖着不走,我这会就叫警察。"

老杨眼巴巴地望着老宋。老宋扭过头去看着窗外。双方僵持了一会,老杨把心一横,说了声"也罢",斜着身子,拖着一条残腿,一脚高一脚低地拐到条案前,跪在地上,恭恭敬敬地朝着小海的灵位磕了三个头。

等到他站起身,已是老泪纵横。

虽然陈渺儿把老宋六个月的工资扣下了一半,但老杨夫妇能拿着厚厚的一大沓钱回家,也已经很知足了。

39

陈渺儿讲完了她的"狗故事",又与曾静商量起了买墓地的事。此前,她与德坤去西郊的香山一带转了转,怎么也找不到专门埋葬小狗的陵园,如何处理小海的骨灰,成了她的一桩心事。这些天,她一直拿不定主意,要不要去一趟天津的塘沽,弄个仪式,将小海的骨灰拌上玫瑰花瓣,撒入大海。渐渐地,曾静就有些不太耐烦。一听说她要专程去天津搞海葬,曾静就板起脸来,对渺儿道:"我劝你别费那事。一个活物,跟了你们这么些年,猛不丁死了,伤心难过是免不了的。可凡事也要适可而止。

要照我说，不如就在你们家楼下的牡丹园里，赶紧挖个坑儿埋了拉倒。那骨灰供在客厅里，家里来个客人，还以为你们家死了人，瘆得慌。"

因见曾静的脸色不太好看，德坤又在一边随声附和，陈渺儿咬着嘴唇愣了半晌，没再说什么。

林宜生跟庆棠简单说了说楚云失踪的事。正在独自喝闷酒的李绍基，也听了个大概。他醉眼惺忪地看了宜生一眼，随口问了一句："你和楚云的婚事，办了没有？"

在得到否定的回答之后，他仍旧自斟自饮，不再说话。

从"欣叶酒家"出来，六个人在门口的马路边告了别。一心向佛的李绍基近来却有些好酒，让宜生颇感意外。为了畅饮这家台菜馆的金门高粱，他今天特意没有开车，由德坤夫妇负责接送。曾静扶着醉醺醺的绍基，上了陈渺儿那辆停在门口的香槟色"卡宴"。车子刚往前开了一小段，又停了下来。曾静从车上跳下来，将包在报纸中的两条"芙蓉王"递给了林宜生。这两条烟是她前些天收拾屋子时，从阳台的矮柜中发现的，"不知道有没有发霉，你凑合着抽吧。"

因见杨庆棠没有马上离开的意思，宜生就问他是坐城铁呢，还是打车。庆棠道："别急，我还有些事要跟你谈。"

他迅速地滑动着手机屏幕，终于找出了一条短信来："我刚才听你说，尊夫人已失踪两个多月了，这怎么可能？就在四五天前，她还在给我发短信呢。"

他把手机递给宜生，让他自己看。

短信的日期是五月二十四日，时间是凌晨三点至四点之间，一共有三条。当时，杨庆棠因打算在今年的中秋之夜举办一个露天音乐会，就具体曲目的安排征询她的意见。楚云在回复中说，既然是中秋音乐会，那就别总是巴托克、柯达伊，这些曲目都很冷门，与中秋的氛围不太协调。不妨增加一些与月亮有关的中国传统音乐，比如古琴、古筝什么的，但德彪西不妨保留。因为他的钢琴作品，本来就很有东方情调。如果想应景的话，《贝加莫组曲》中的《月光》、《意象集》中的《月落荒寺》以及二十四首前奏曲中的《月照楼台》，都是不错的选择。

细细琢磨这三条短信内容，林宜生不难得出两个结论。第一，她能心平气和地与杨庆棠讨论音乐问题，说明她目前处境是安全的。至少，她的自由没有受到限制。第二，楚云的手机并非一直处于关机状态。在凌晨的某一个时间段里，她仍在浏览手机上的信息。

这几条短信给林宜生带来了极大的宽慰，但同时也增加了这件事的蹊跷程度。临走前，杨庆棠提到了楚云不久前给他推荐过的一篇小说，那是一个名叫麦尔维尔的美国作家写的，题目叫《抄写员巴托比》。他在读完了这个作品之后，很为她目前的精神状况感到担忧。

"你不妨把这篇小说找来读读，也许会对你的判断有些帮助。"

40

伯远从美国发来了一个电子邮件。第二天一早,他和蓝婉希将启程前往加拿大。他在信中说,一想到要与分别两年的母亲见面,心里还是有点激动难耐。不过,白薇在林宜生记忆中的形象,此时已经变得相当淡薄了。当他不经意回想起妻子出轨前后的那些纷乱的往事时,心情既平静又轻松,也许还有一点庆幸。他记得一个名叫柄谷的日本人曾经说过:只有当事情真正终结之时,我们才有资格去追溯它的起源。

说起来,那已是好多年前的事了。

那时,白薇刚刚升上副教授,在她所任职的那所学校主讲《现代汉语》和《语法史》课程。有一天,她去教室上课,发现自己课上的四十五个学生,只来了不到二十个人,且都是男生。她不得不向坐在前排的一个学生询问课堂人数骤然减少的原因。这位有点口吃的男生告诉她,学校来了一个大牌教授,是加拿大人。他主讲的《现代语言学》课程,在时间上与白薇的《语法史》刚好重合。

那是白薇第一次听说派崔克的名字。

为了弄清楚这位加拿大教授何以有这么大的魅力,竟然让全班的女生跑得一个都不剩,在一个周五的晚上,白薇悄悄地溜进派崔克发表公开讲演的报告厅。那天,派崔克演讲的主题是英美颇为流行的奥斯汀（J.L.Austin）的"语言行为理论"。他对"记述语言"（Constative）与"述行语言"（Performative）的区分，让白薇大开眼界。派崔克提到了这样一个语言情境。一个妻子问丈夫，她是应该从鞋孔上面还是下面系她的保龄球鞋带时，丈夫反问道："有什么区别吗？"在这里，"有什么区别吗"所要表达的含义，其实并不是在询问区别，而是恰恰相反。这句话的真正意思是说：我对区别没有任何兴趣。也就是说，这句话表达的是一种厌烦情绪，且暗含指责乃至恼怒。通常，语言在陈述一个事实时，往往也在暗指另一个事实。

听到这里，白薇不得不承认，学生们不顾她的感受溜到外教的课堂上听课，是有道理的。而且，她读硕士时从老师那里继承下来的那些陈旧而乏味的语言学知识，已大大落后于国际潮流，甚至可以说是误人子弟。演讲结束后，她来到讲台前，在几位博士生争相提问的间隙，用不太流利的英文，向年轻的教授提了这样一个问题：在保罗·德曼那里，"修辞的语法化"这个概念到底应该怎么理解？派崔克把脸转向她，微笑着盯着她的眼睛，回答说，要弄清楚什么是"修辞的语法化"，必须首先要了解另一个概念，那就是"语法的修辞化"……

就这样，她与派崔克开始了交往。不论是在教学楼，还是在五道口的咖啡馆门口遇见他，后者总是远远叫她一声"喂"。白薇起先有点不太适应。在她看来，派崔克打招呼的方式过于直率、随便，也有点居高临下的傲慢。后来，每当派崔克这样很不礼貌地叫她，白薇就装着没有听见。终于有一天，她猛然醒悟到，派崔克口中的那个"喂",原来是"薇",不过是她名字的简称。羞愧之余,她当面向派崔克表示了歉意。派崔克听了她的解释之后,哈哈大笑:"薇,我跟你说过的,一般来说,语言除了传达误解之外,其实没什么用处。"

一天中午,在电梯里,派崔克这样问她:"薇,你能来一下我的研究室吗?我想与你分享一下我刚刚获知的好消息。"白薇心中不免有点犯嘀咕:到底是什么样的好消息,要专门去研究室分享呢?不过,她还是去了。派崔克给她泡上茶之后,整了整领带,端坐在桌前,像政治家在电视机前发表新年祝辞似的,双手相扣,用专注、神秘而兴奋的眼神看了她半分钟,这才庄重地对她说:"祝贺我吧,我妻子怀孕了。"

不久前,白薇刚刚做了流产手术。她想将孩子生下来的愿望,与国家的计划生育政策相抵牾,一直憋在心里无法说出口。她想让宜生陪她去医院打胎,坐在写字台前的林宜生转过身来,看了她一眼,皱着眉头道:"我待会还有个重要的评审会。看来只能你自己去了。别担心,那手术很简单。十来分钟就完事。"他随后问白薇,她是坐出租车去呢,还是自己开车去?

"有什么区别吗!"白薇冲丈夫吼了一声,怒气冲冲地出了家门。

只要把林宜生的散漫而冷漠的眼神与派崔克的郑重其事做一个比较,她心中的落寞与怨恨立刻沉渣泛起。派崔克一脸疑惑地望着她,对她说:"薇,你好像有点不高兴?"白薇这才想起来向他道贺。

两周后的一天,还是在这间研究室里,两人见面后的例行拥抱,明显地越过了一般礼仪的常规。派崔克在轻轻地贴了贴她的左右脸颊之后,并未罢手,而是发了疯似的将她拥入怀中,直接亲吻她的嘴唇,且鲁莽地把手探入她的领口。白薇抬起头来,注视着派崔克那张被欲望涨红的脸,想起了他在半个月前宣布妻子怀孕时那"纯洁"的眼神。两个不同的画面很不协调,且互相矛盾。但她很快就为自己找到了一个顺从派崔克的理由。那就是自由。因为在所有的价值序列中,自由所代表的价值至高无上,不仅高于无用的"纯洁",也高于令人乏味的"忠贞"以及假模假式的"责任"。后来,当她把自己第一次出轨的经过,大大方方地告诉林宜生时,这番说辞为她提供了道德上的保护:"说到底,在这种事情上,我们都是自由的。你也一样。不是吗?"

林宜生倒不是完全不能原谅妻子的不忠,只是白薇与他吵架时那句气话——"他总算让我真正做了一回女人"——让宜生一连几天睡不着觉。他只要一闭上眼睛,就会在心里细细咀嚼,"真正"这两个字中,到底隐藏着多少倾情交媾的秘密。不过,妻子的失贞,反而激发了他心底更为强烈的欲念,这是宜生此前没有想到的。他一直为此深感耻辱。

白薇到滑铁卢不满一年,派崔克就正式提出与她离婚。

"离婚?你说的是离婚?"因此前没什么征兆,白薇怀疑自己是不是听错了。

派崔克神色凝重地点了点头。

"你疯啦,我的肚子里还怀着你的 baby 呢!"

派崔克端坐在桌前,十指相扣,用尽可能清晰而简洁的语言,向白薇陈述他们不得不离婚的原因。

在温哥华的一次会议期间,一个来自沈阳的女研究生,在派崔克酒后意志极端薄弱的情况下,要求留在他的房间过夜。而他做出了错误的应对。

事情就是这样。

派崔克原先以为,只要答应给康奈尔大学写一封推荐信,让她去追随中国语言学泰斗赵元任的足迹,即可了结此事。没想到沈阳姑娘"连一分钟都不愿离开他"。她威胁说,如果派崔克不同意与自己结婚的话,她就立即向学校告发此事。

"你知道的,你们中国人,是什么事情都可以做出来的。"

"我也是中国人,我也可以做同样的事。别忘了,我可以告发你的事,可不止一件两件。"白薇摩挲着自己圆圆的肚子,脸色铁青地提醒他。

派崔克随之流下了眼泪。不会的。不会的。不会的,薇。你不会那么做。我知道,薇,你不会那么做……

仿佛"No"这个词用得越多,白薇告发他的可能性就会越低。

白薇与派崔克离婚后,她与派崔克的孩子还是生了下来。她在向国内的亲朋好友(包括宜生和伯远)宣布这一喜讯时,并没提离婚这件事,倒是对加拿大的儿童福利赞不绝口。她与一个名叫莱昂纳多的金发邮递员同居过一阵子。除了偶尔给国内来的旅行团当当导游之外,她没有正式的工作。有时,她也会去周边的大学和华人文化中心干点杂活,帮着组织一下书法、中医和气功讲座。到了端午节,就去教外国人包粽子。每当国内有重要人物来访,白薇就负责发动邻居和朋友们前去捧场,把演讲厅塞得满满当当,让那些远道而来的客人们感觉到很有面子。

当伯远带着蓝婉希从美国去加拿大探访母亲时,她已嫁给了一个年纪比她大很多的老头。那人名叫托马斯,退休前,是布隆汽车公司的工程师。

41

伯远和蓝婉希坐飞机先去了蒙特利尔。他们在市中心广场上的白求恩的雕像下拍了几张照之后,又飞到了多伦多。随后,他们来到尼亚加拉大瀑布游玩。

按照预先的约定,这次旅行的所有费用都由蓝婉希承担。婉希说:"你就当是帮我一个忙吧。多花掉一些银行卡上的钱,我爸爸在国内才会心里踏实。要不然,他老打电话来问,'卡里的钱怎么老不动啊?'烦死人了。"

伯远给白薇打了一个电话。可母亲并没有像他想象的那样"高兴得跳了起来",她只是淡淡地告诉他,最近家里"有点不太方便",

问他是不是可以换个时间。当白薇终于弄清楚，儿子的电话并不是从美国打来的，他本人现在就在咫尺之远的尼亚加拉时，她还是很快通过手机短信，发来了她的详细住址，同时附上一句英文：HAVE FUN！

母亲所待的地方，其实并不在滑铁卢，而是在它南边的奇其纳市（Kitchener）。一个来自福清的中餐馆伙计，开车送他们去白薇的新家。由于道路不熟，他们抵达母亲位于月牙湖畔的住所时，已经是晚上九点多了。伯远和母亲在门廊昏暗的灯光下拥抱。他能明显地感觉到母亲在抱他时浑身的抽搐与战栗。这大大缓解了他先前的焦虑：母亲或许还是爱我的。

蓝婉希张开双臂，迎向白薇，可母亲只是象征性地俯身拍了拍她的后背。

他们三个人围坐在沙发上聊天。客厅里的天花板上坠下一个枝形吊灯，但只有一个灯泡是亮着的。在幽暗的灯光下，深棕色的书柜泛着清冷的光泽。书柜上随意摆放着一溜孩子的照片。伯远发现，其中有一幅是自己的。那是他七岁时在学校的大操场照的。他穿着阿森纳球员博格坎普的10号纪念球衣，一只脚踏在足球上。

母亲在给他们两人各倒了一杯气泡水之后，转而谈起了她的新丈夫托马斯。他所支持的多伦多枫叶冰球队刚刚输了球，无缘季后赛，看来已是大概率事件。因此，托马斯最近的心情不太好。她还说，托马斯这个人，虽说脾气有点古怪，但他的心地"非常非常的善良"。和中国人喜欢往一块扎堆不同，他不愿意自己的生活受到任何打扰。"既然你们已经来到西方世界,就得尊重人家的生活习惯,再不能像在国内那样随便。事先不打招呼就登门拜访,搞突然袭击一类的事,以后应该尽量避免。"

尽管母亲说得比较含蓄,伯远还是能够猜到,他们的贸然来访,大概是弄得托马斯很不高兴。

说到国内的情况,蓝婉希不无自豪地提到了正在建造的"鸟巢"和"水立方",以及规划中联络各省会城市的高铁线路。"将来从北京去上海,也许只要四个小时,比日本的新干线还要先进"。蓝婉希在说这番话的时候,母亲有点心不在焉。

大概是因为实在无话可说,婉希提起了她在华尔街工作的姨夫,那个聪明绝顶、未卜先知的牙买加人。姨夫预感到了一场席卷全球的金融危机即将在美国爆发,并一直为此忧心忡忡。姨妈正怂恿他去中国发展。母亲问她,一个牙买加人,到了中国,除了帮公司做假账,还能干啥?婉希满不在乎地道:"嗨,他就是到德云社跟人学着说相声,也比待在美国强啊!"

母亲没再说什么,只是勉强笑了笑。最后,当蓝婉希很不恰当地说起对美国的种种失望,特别是当她感慨说,只有到了美国之后才会发现这个国家注定要衰落时,母亲的鼻子里"哼"了一声,很不屑地提醒婉希道:"那你为什么不好好在北京待着,大老远跑到美国干啥来了?"

母亲这句话,将蓝婉希噎得直翻白眼。她正想为自己分辩几句,屋外传来了汽车的引擎声。很快,这辆汽车在院子里熄了火,接着是重重的关车门的声响。托马斯回来了。

托马斯看上去六十来岁，红脸，头发稀疏，一身的酒气。他穿着一件皱巴巴的无领汗衫，很像是电视中常常看到的表演美式摔跤的大胖子。客厅里的三个人，只有蓝婉希大大方方地站了起来，微笑着向托马斯摆了摆手，说了声"Hello"。对方愣了一下，在楼梯口站住了。他朝婉希眨了眨眼睛，然后对她说："你好！Fancy meeting you here！"

母亲说，家里的小 baby 不久前得了肺炎，今天刚刚出院。虽说已退了烧，但情况很不稳定，需要随时观察。她带他们去了地下室，看了看临时铺在地毯上的两床被褥，指给他们楼梯拐角卫生间的位置。接着，母亲从钱包里取出了一张五十加元的钞票，递给伯远："你们肚子饿的话，可以出门向右，走个五六十米，对面就有一家麦当劳。"

说完，她就上楼照顾她的 baby 去了。

他们没有去找麦当劳。婉希把包里仅剩的一包曲奇饼干都让给了伯远，自己一个人坐在地毯上生闷气。伯远搂着她的肩膀，问她饿不饿，要不要吃两块饼干，婉希说："饿什么饿？憋了一肚子气，心里堵得慌！赶紧关灯睡觉，明天一早，咱们就开溜。"

地下室里潮湿闷热，有一股淡淡的霉味。

楼上很快就传来了白薇与托马斯的争吵。他们在争着让对方"shut up"时，一点都不担心吵醒肺炎未愈的小 baby。

婉希早已遁入了梦乡。黑暗中，伯远听见她在磨牙。似乎在睡梦里，她仍为这次探访之旅切齿悔恨。

伯远怎么也无法入睡。

几年前的一个扬沙天，母亲拖着沉重的行李箱，独自一人离开家，前往首都机场。父亲在书房里看书，他没有起身去送她。窗外的天空昏黄昏黄的。昨晚刮了一夜的黄沙，路面上、树冠上、车顶上，到处都覆盖着一层厚厚的尘土。告别时，母亲在门边紧紧地搂着他，泪如雨下。等到她哭够了，母亲忽然松开了他，眼里闪着泪光，对他说："宝啊，你的头发都快馊了。妈妈给你洗个头，好不好？"接着，她将胳膊上搭着的那件蓝色的风衣搁在行李箱上，带他去了卫生间。

当伯远意识到，这也许是母亲最后一次为他洗头时，心里仍存有一丝幻想：如果外面的风沙再大一些，说不定航班就无法起飞……

午夜时分，伯远刚刚睡着了一小会，蒙眬中听见有人在他的枕边长吁短叹。就像小蜜蜂闻到了花蕊的香气，他的头一点点朝外挪动，最后挪出了枕头，碰到了母亲的脸。母亲在黑暗中亲了他一口，在他耳边柔声道："小宝，你跟我来……"

因担心惊动熟睡中的蓝婉希，母亲拉着他的手，蹑手蹑脚地上了楼，经由客厅西侧的小门，来到屋外湖边的露台上。

夏夜的凉风吹在他们脸上。璀璨的星斗密密匝匝，铺满了整个夜空。湖面上飘浮着一层薄薄的水气，间或传来一两声鸟鸣。对岸黑魆魆的森林向远处延展，空气中有一股好闻的松脂的冷香。现在，露台上只有他和母亲两个人。他们坐在露台木桌边，望着幽暗的湖水，有好长一段时间，母亲一直在抽烟，谁都没有说话。

"爸爸最近怎么样？"她的声音听上去有点嘶哑。

"还行吧。"伯远道。

在提到父亲时，她没有说"你爸爸"，而是直接使用了"爸爸"这个称谓，让伯远多少感觉到，父母之间的感情也许不像自己想象的那么恶劣。此外，以前对烟味极为敏感的母亲，竟然也开始一支接着一支地吞云吐雾，也让他微微有些惊讶。他大致说了说父亲的近况，都是些无关紧要的小事。当母亲问他，爸爸身边是不是有了新的女人时，伯远心里就有些犯难。因为父亲在前几天的一封邮件中，特地叮嘱他："我和楚云阿姨的事，你一句也不要谈……"

母亲见伯远欲语又止，目光躲躲闪闪，心里也就知道了答案。她也没有为难儿子，只是轻描淡写地问了一句："这个女人，我认不认识？她是不是姓赵？"

"你不可能认识。"伯远笑了起来，"另外，她也不姓赵。"

母亲轻轻地"哦"了一声，就把这事搁在了一边。似乎只要这个女人不姓赵，父亲跟什么样的异性交往，都一概与她无关。

母亲说，虽然她出国后不久，就因"种种原因"与派崔克分了手，目前的生活也不尽如人意，但她从来没有后悔自己当初的选择。事实上，离开北京来加拿大生活，是她一生中做出的唯一正确的决定。由于母亲对于她的"不后悔"做了过分的强调，伯远从她这番话中所听到的，却是完全相反的意思。对于母亲这样一个生性高傲的人来说，放弃自己的教授职称和学术研究，依靠一个年老工程师的退休金度过余生,她内心的痛楚和煎熬是不难想象的。

他们在湖边的露台上一直待到凌晨两点。最后,母亲告诉他,她已在 Old Heidelberg 预订了座位,明天请他和婉希去品尝德国猪蹄。托马斯也会去。

第二天早上天还没亮,蓝婉希就把伯远摇醒了。婉希一再催促他,趁着他母亲还没起床,赶紧离开这个鬼地方。她连一分钟都不愿意多待。伯远只得哀求她稍稍忍耐:"妈妈已经在 Old Heidelberg 预订了座位,要请我们去吃德国猪蹄,她要是发现我们不辞而别,一定会伤心死的……"

"谁稀罕她的猪蹄子,"婉希把眼一瞪,怒道,"你走不走?你不走我走!"

当天中午,他们在火车站附近的广州酒家吃饭。蓝婉希要了一瓶冰葡萄酒,一只重达六磅的龙虾。当婉希问他,相比德国猪蹄,龙虾的味道是否更好时,伯远猛然想起,母亲昨晚在地下室给他的五十加元,他给随手扔在床铺边上的地毯上了。母亲在整理床褥时,看到这张钞票,会作何感想?

蓝婉希一边大快朵颐,一边对白薇用五十加元打发叫花子的行为,做了一番露骨的嘲讽。婉希说,她注意到白薇的衣着装束十分俗气;身上的香水味道也很劣质,根本不像个知识女性;日子过得紧紧巴巴,一看就是个失败者;一心盼着中国倒霉,人格扭曲,心理极度变态……渐渐地,她对白薇的挖苦和指责,已经越过了伯远可以忍受的极限。当她认定白薇"脑子不太正常"时，伯远把盘子往前一推，站起身来，对婉希吼道："你妈的脑子才不正常呢！"

他们从餐馆里出来，白薇给伯远打来了一个电话。对于他们的突然离开，母亲不仅没有责怪，反而安慰他说，即便他们不走，德国猪蹄也吃不成了。因为小 baby 早上发起了高烧，她和托马斯不得不再次送她去医院。

在上车之前，他们在站前广场上转了转。

伯远无意间发现了一个卖旧 CD 唱片的摊位，忽然想起了远在北京的楚云。他问卖 CD 的老头，有没有古尔德演奏的巴赫。老头弯着腰，在货架下的纸箱中翻了半天，一共找出了七张。见伯远一张一张地跟老头砍价，婉希不耐烦地说了句"你跟他费什么劲"，扔给老头一百加元，将那些唱片全都买了下来。

42

当伯远从纽约打来电话，向林宜生报告滑铁卢之行的详细过程时，那包 CD 已经寄到了北京，搁在家中的餐桌上了。

"怎么样，楚云阿姨喜欢吗？"伯远问道。

"喜欢。"林宜生瞥了一眼桌上那包未及拆封的CD，犹豫着要不要将楚云失踪的事告诉他。

"她听了之后怎么说？"

"好极了。她每天都在电脑上听那些曲子。"宜生道，"她让我先代她问个好，过些日子，再给你写信。"

43

一天深夜，林宜生在楚云失踪后第一次走进了她的书房，尝试着打开桌上那台笔记本电脑，希望从中寻找一些有用的线索。楚云没有设定开机密码，这就足以表明，她的电脑中并无不可示人的秘密。

后来的检索过程印证了宜生的判断——几个文件夹中所保存的资料，几乎无一例外都是课程教案、托福或雅思的试卷和练习题，没有什么值得特别留意的信息。而保存在桌面的文件，除了一些应用软件之外，数量也极其有限：

三张无尽夏的照片；

一张楚云与伯远的合影；

一部名为《撒旦探戈》的电影；

美国作家麦尔维尔（Herman Melville）写于1853年的一个

短篇小说，题为"Bartleby, the Scrivener: A Story of Wall Street";

两封英文信；

一个八分钟左右的音乐视频，那是意大利钢琴家米开朗基利演奏一段钢琴奏鸣曲。

麦尔维尔所写的短篇小说，应该就是楚云曾经向杨庆棠推荐的那个作品，中文译作《抄写员巴托比》。宜生从网上找到了它的中文版，但糟糕的翻译让他不得不回过头来重新阅读英文。这篇小说让宜生受到了极大的震撼（他甚至觉得自己就是火鸡、镊子、姜汁饼和巴托比的混合体）。而《撒旦探戈》这部匈牙利电影，居然长达七个半小时，林宜生勉强看完了其中的两个小节。电影的情节单调而乏味，完全不知所云，最后只得放弃。倒是那个八分钟音乐视频，林宜生一连看了好几遍。

大概这个视频录制的年代比较久远，影像是黑白的，且微微有些泛黄。画面已有些模糊不清了，钢琴的音色也有点发暗。写下这个曲子的人，名叫 Baldassare Galuppi，也是意大利人。他生活在 18 世纪，曾有一段时间做过威尼斯圣马可教堂的音乐总监。

钢琴家米开朗基利端坐在钢琴前，黑色燕尾服的下摆垂向地面。他的头发梳得一丝不苟，脑后扎着个小辫，表情忧郁而矜持。他手指触键的动作，迟缓而滞重，有一点拖泥带水。林宜生注意到，在弹琴时，他的双手很少抬起。仿佛他不是在弹琴，而是在抚慰一个迷失的灵魂。随着指尖在键盘上左右滑动，他的身体出现了自然而轻微的摇摆，同一个旋律在不断重复，周而复始。有时，这个旋律在某一个瞬间通过变奏而弱化，乃至完全消失了，却在另一个瞬间完整再现。虽说林宜生不怎么懂音乐，但这个不断重现的旋律，还是让他感受到了作曲家暮年时内心的枯寂。整个作品带有明显的回忆氛围，就好像一个花枝招展的少女，一次次向作曲家走来，撩拨他衰朽的记忆。当回忆渐渐变得呆钝，少女的脸庞不再清晰时，她的回眸一笑，让他黯淡无光的生命再度苏醒，生机勃发。

林宜生在听这个曲子时，耳畔一直回荡着大斑啄木鸟的寂静之声。那是在西郊的卧佛山庄，午夜时他从睡梦中醒来，出了一身汗。啄木鸟的钻木声，有点像开机关枪。嗒嗒嗒，嗒嗒嗒嗒。一梭子，又是一梭子。

第二天，林宜生去了楚云在六道口的住所。那儿已住进了一对新婚夫妇，门上的大红囍字，鲜亮而刺目。他在门口抽了支烟，就离开了。后来，他也曾到南锣鼓巷一带去寻访。Comet 酒吧大门紧闭，墙上贴着"店面转租，价格面议"的告示。他试着打了一下告示下方的联系电话，但一连几次都无人接听。

不管他在什么时间给楚云发短信，都没有收到任何回音。

44

后来,在得知楚云失踪的消息后,周德坤带着陈渺儿,专门来学校看过他一次。

他们在知春路上找了家餐馆吃晚饭。在喝掉了一瓶十五年的茅台之后,德坤安慰他说:"你们只是同居了一段,又没有事实上的婚姻,何必寻根究底,自寻烦恼?不如就此罢手吧。反正你也没吃亏……"

这时,坐在德坤身边的陈渺儿忽然对宜生道:"你说楚云在新东方教英语,可我怎么记得她是在嘉里中心上班呢?当初我在嘉里中心买保险时,跟她还吵了一架。后来你带她来我们家,我当面问她,她却死不认账。"

德坤因见妻子的插话,有些不知轻重,就狠狠地白了她一眼,怒道:"我说你别打岔行不行?你好好坐在那,不说话会死吗?"

"这人就是烧成了灰,我也不会认错。"渺儿小声争辩道。

见渺儿还在那嘀嘀咕咕,德坤连生气的心思都没有了。他摇了摇头,冲宜生挤了挤眼睛,好像在说:摊上这么一个缺心眼的老婆,有辙吗?

临走时,德坤问他愿不愿意跟一个刚从芬兰回国的女设计师见面。这个人刚与丈夫离婚,三十出头,有一个四岁的女儿。德坤还引用了几句古诗,来形容她的美貌与聪慧:

秋水为神，芙蓉如面。

比花花解语，比玉玉生香。

林宜生含蓄地拒绝了德坤的好意。

对他来说，如今的当务之急，不是忙着与什么人谈恋爱，而是应当尽快抽时间去一趟位于积水潭的精神康复中心，找安大夫长谈一次。他已经有两个星期没有睡过一个好觉了。

45

安大夫五十来岁，说话柔声细气的。他长得富态，白胖，双下巴，有点女相，笑起来的时候，眼睛就眯成了一条缝。他的头发虽然掉得差不多了，但如果把头顶一绺一绺的长发从左至右地捋顺，喷上定型发胶，也能勉强盖住他那光秃秃的头皮。他看上去就像一个慈眉善目的老婆婆。通常，林宜生只要坐在安大夫面前，听他说上几句话，心里就会立刻安静下来。

安大夫先是耐心地询问了宜生睡眠障碍的详情，尤其是服用丙咪嗪后的生理反应，接着又问了问他母亲的近况。宜生告诉他，母亲已学会用 e-mail 对自己进行谩骂和骚扰。而且，在网上申请免费邮箱几乎不需要什么成本，林宜生根本无法对她进行有效的屏蔽。安大夫不由得笑了起来:"看来,老太太也在与时俱进啊。说实在的,对付这样一个疯老太,确实没什么好办法。在日本,医学界把这种病称作'老年认知症',它通常是由于大脑皮层功能和结构的病变所引起。我劝你有空还是回木渎去陪陪她,看看能不能实现和解。一老一少总这么僵着,也不是事。"

至于说楚云失踪一事的影响,安大夫劝宜生不必多虑。安大夫提到了弗洛伊德1915年发表的一篇论文,并解释说,亲人的不幸和死亡所带来的打击,在弗洛伊德那里被统称为"悲悼",这与"抑郁"截然不同。单纯的"悲悼"所带来的痛苦,因不涉及悔恨、疑惧和想入非非,一般来说,随着时间的推移,可以自行消除。而抑郁却更像是一个开放的伤口,它会贪婪地吸取身体的所有能量,并最终抽空自我,直至枯竭。"正因为如此,从表面上来看,你夫人失踪这件事,所带来的情感反应虽然更强烈一些,但与当年黄山那件事的后果相比,两者完全不能相提并论。"

安大夫提到的"黄山那件事",在宜生的眼前敞开了一段黑暗而幽深的回忆通道。时隔多年,这件事早已不像当初那样让他寝食难安、疑虑重重。若非安大夫不经意中说起,他几乎已经完全想不起来了。

那年五一长假期间,林宜生和要好的几家人结伴去黄山游玩。当时,因白薇去了日本的岩手,同行者一共七人。他们从天都峰下来,回到汤口镇的旅馆时,周德坤忽然说起,在刚刚上映的电影《卧虎藏龙》中,"竹梢打斗"那场戏的外景地,就在不远处的一个村子边上。于是,他们临时决定去寻访电影中的那片竹海。第二天中午,经人指点,他们辗转来到了一个名叫"隗塘"的村子里。可村民们既没听说过李安,也没看过《卧虎藏龙》。说起武林高手在竹尖上比剑一事,村民们更是频频摇头,反应出奇的一致:"竹梢上怎么立得住人?鬼扯!"倒是"农家乐"的一位女主人,一手拉着陈渺儿,一手拉着赵蓉蓉,极力挽留他们在村里住一夜:"我们这儿的风景,比宏村一点不差。你们想看竹子,后山的溪谷里有的是。既然来了,不妨尝尝我们这儿的土鸡、竹笋、牛蛙、马兰头和新收的蚕豆……"

一席话,说得陈渺儿直咽口水。

吃过中午饭,德坤和绍基夫妇围坐在院中的花架下打扑克。查海立中午喝了太多的酒,吐过两次后,被赵蓉蓉扶到客房里睡觉去了。林宜生背着照相机,独自一人,来到村后那条狭长的溪谷里,随处闲逛,赏鉴山野风光。

眼下正是麦秋时节。因昨夜刚下了大雨,溪水从山涧的密林里奔冲而下,在峡谷中形成了一道道飞瀑和层层叠叠的池潭。在午后的艳阳之下,清澈的潭水倒映着山间的花树、怪石和天空的云朵,五彩驳杂,珊珊可爱。一开始,在溪谷的两侧,林宜生还能见到大片成熟的麦地和小块的水田,当他穿过一座倒塌的木桥,再往前走时,触目所见,已经是一眼望不到边的茶园了。成群的白鹭在远处的峡谷中盘旋,雪片般的高高飏起,又如碎纸屑似的纷纷落下。瀑布的泻水声音隐隐传来,使得整个山谷更显岑寂。

宜生完全没有想到,这个偏僻的穷山沟里,居然还有这么一片足以与九寨沟媲美的好景致。他沿着溪谷慢慢往前走,不知不觉中就来到了半山腰上。当他转过身来,回望投宿的那个小村庄时,参差错落的白墙灰瓦,已经沐浴在了明亮的夕照之中。

接下来的山路,由于人迹罕至,变得陡峭而荒索。溪沟中长满了茂密的灌木、浆果和一丛一丛的葛藤。很快,两棵布满青苔的枯树横卧在溪水之上,挡住了他的去路。他看见一只大蜥蜴趴在树干上望着他,眼神苍老而又木然,并不急于躲避。林宜生试了几次,怎么也无法从树干下钻过去,这才站在原地拍了几张照,怏怏地往回走。

林宜生在经过那座坍塌的木桥时,远远看见溪谷边的一块大青石上,坐着一个人。

那时,太阳已经快要落山了。

因在溪沟里崴了脚,赵蓉蓉脸上的表情十分痛苦。林宜生跟她打招呼,问她怎么一个人出来转悠,蓉蓉只是皱了皱眉头,懒得搭理他。她高挽着裤腿,脚上那双沾满污泥的运动鞋早已脱了下来,东一只,西一只,被她扔在了沟底的鹅卵石上。那双浸了水的红袜子,则摊在石头上晾晒。

她出门时忘了带手机,受伤之后,四下里一个人都不见,只能坐在溪边碰运气。

林宜生来到她近前,蹲下身子,小心翼翼地托起她受伤的右脚看了看,脚踝处已经肿得像馒头一样了。宜生只是轻轻地按了按,赵蓉蓉立刻就发出了凄厉的惨叫和唾骂:"你他妈瞎按什么按……"林宜生转念一想,也不能怪她骂,因为仅仅从蓉蓉的叫声中，是无法判断是否骨折的。

眼见得红日落入西山之后，天色渐渐地黑下来，宜生只得将蓉蓉架在自己肩上，一步步往村口挪。因她的右脚完全无法触地，林宜生大汗淋漓地架着她走了半个小时，再回头看看那块大青石，发现他们并没有走多远。宜生就向蓉蓉提出来，不如干脆背着她走，那样更省事。大概是刚才上山时耗费了太多的体力，宜生背着蓉蓉没走几步，就觉得两腿打颤，精疲力竭。另外，赵蓉蓉身上好闻的汗味，混杂着溪谷里野花淡淡的幽香，也让他黯然销魂，心跳加速。

最后，他们停在了溪边的一棵野桑树下。

溪谷对面有片竹林，竹林边上有座颓圮的寺庙。一弯新月在黑黢黢的竹林上方露了脸。月光静静地洒落在荒寺的断墙残壁上，四周一派沉寂。

当林宜生随口谈起杜甫"林风纤月落"那句诗的意境时，体态风骚的赵蓉蓉将头靠在他的肩上，声音里透着令人心悸的喘息，对他喃喃低语道："如果你是认真的，我也是。如果你能守住秘密，我也能。"

在这之前，林宜生已经悄悄地关闭了手机——这样一来，当他们回到村子里，万一有人问他为什么不打电话，他就可以堂而皇之地回答说，手机没电了。即便是在这个时候，林宜生仍有足够的时间，来为那匹不顾一切奔向悬崖的野马，拉一下缰绳。宜生第一次体会到了身心撕裂的痛苦。他不由得抬头看了看竹林上方那弯皎洁的月牙儿，可月亮沉默着，不会给他任何提示。当他迟疑着，要不要将自己急剧膨胀的欲念付诸行动时，猛然想起了母亲时常挂在嘴边的两句忠告：

一念疏忽是错起头
一念决裂是错到底

后来，在查海立遗体告别的前一天，宜生和德坤陪赵蓉蓉去八宝山订购花圈。德坤去屋外抽烟时，赵蓉蓉就悄悄地问他，是不是还记得月光下的那座废寺，还有溪谷边那棵孤零零的野桑树。在百合花馥郁而不祥的香气中，宜生板着脸，一声没吭。再后来，宜生从白薇口中听说，德坤和蓉蓉"不知怎么就搞到了一起"，心里没有半点嫉妒，反倒是在辗转反侧的焦虑中大大地松了一口气。

在安大夫看来，那年五月的黄山之行，林宜生并没有做错什么。在那种情况下，换了任何人，都不见得做得比他更好。"连奥德修斯那样半人半神的豪杰，在面对塞壬的诱惑时，都还要把自己绑在桅杆上，何况我们这样的凡夫俗子！"

"你和她到底搞没搞，不用告诉我。既然你们两个人都存了那份心，说实在的，搞与没搞，结果没多大区别。"安大夫接着分析道，"大凡得忧郁症的人，一般来说，想象力都极为丰富。你自己心里有鬼，就会觉得她丈夫的眼神像跟过去不一样。这人突然得病死了，你就会在无形中背上沉重的道德负担。这其实是不必要的。心理疏导的最终目标，不是让你忘掉这件事，而是在任何时候想起它，都能坦然面对，就像它压根就没有发生过一样。"

安大夫告诫宜生，从根本上说，他的精神疾患并非行为失当所致，而是源于他对"纯洁人格"的设定过于不切实际。而所谓的纯洁，恰恰是农耕时代的产物。随着农业文明行将就木，"我们实际上只剩下了两个选择：要么发疯，要么彻底放弃对于纯洁的幻想，说服自己接受并适应这个自我分裂、混乱而无趣的世界。"

46

安大夫仍在劝说宜生住院治疗。

"只要在我这里住上三个月，我保证你出院时像弥勒佛一般，成天乐呵呵的，无忧无虑，一觉睡到大天亮。"

见林宜生脸色阴郁，不为所动，安大夫转而说起了另一件事。

安大夫以前有过一个病人，是一位拥有数百亿资产的集团公司总裁。三年前，这位老总在获知自己被"限制离境"后受了一些刺激，成天忧心忡忡，"最后发展到了看见绳子就想上吊的地步，不得不来我们康复中心住院治疗。我记得他来的时候，一个星期也说不上一两句话，可到了出院时，已经变得像赵本山那样能说会道、风趣幽默了。"出院后不久，这位老总通过他端庄秀丽的太太，硬是啃下了难啃的骨头，打通了打不通的关节，得以顺利脱祸，"国又能出了，人又抖擞起来了。"

这位老总有一个独生子，目前在广州一所大学的经济管理学院读大三。母亲原指望本科毕业后送他去伦敦的LSE，学点真本事，以便将来接管父亲的产业。可这孩子近来不知发了什么神经，非得闹着转专业，去读什么哲学。父母百般劝阻无效，最后无法可想，只能由着他去胡闹。"这么着，我就想起了老兄。今年十月份，他将会毫无意外地以年级第一名的成绩，免试推荐到你们学校。到时候，你只要同意将他录到你的名下，就万事大吉。我知道你骨子里是一个洁身自好的人，但这件事并不会让你为难。你什么事都不需要做，只是点一下头而已。"

"这事我恐怕做不到。"林宜生正色道，"如果像你说的那样，这个学生保研到我们专业，录取的时候，我只能申请回避。"

"可是，我已经答应他们了。我原以为，这事对你来说不过是举手之劳……"

林宜生只得耐着性子，对安大夫解释说，他本人算不上一个洁身自好的人，在为人处世方面，也并非完全不顾及起码的人情世故。但在多年前，他为自己定下了三个不能通融的原则，或者说，三个不能触碰的底线。不接受任何学生的请托，正是其中之一。至于另外两个原则是什么，宜生没说，安大夫也没问。

"这里面的关系稍微有点复杂。我在答应人家的时候，把话说得很满。更何况,这位老总已经把我在海门老家的一个远房侄女,调到了北京,在他们公司的人力资源部做了部门经理。而我这位侄女嫡亲的舅舅,正是我爱人的顶头上司。"

"这事我确实无能为力。"宜生嘴上这么说,心里实际上已经在暗暗考虑,如果安大夫一再坚持的话,为了不把关系搞僵,他是否应当适当做些让步。可是,安大夫看见宜生表情冷淡,眉头紧锁,很快就失去了耐心。

"你看来真的病得不轻。"安大夫捋了一下额前的头发,一脸不悦。他有点赌气似的对宜生道,"没关系。我们既然可以找你,当然也可以找别人。"

安大夫给林宜生开了两种新药。

他嘱咐宜生说,这两种药在美国刚刚获准上市,在国内还很少用于临床。因为它对肝脏可能会有一定程度的损害。为慎重起见,在服药两周后,他必须去校医院检查一次肝功,若发现转氨酶明显升高,则应立即停止用药。

安大夫没有像往常那样送宜生出门。他把处方递给宜生,朝门外候诊的病人喊了声"下一位",然后就像电视里新闻节目的主持人那样,假模假式地开始整理桌上散乱的病历。

傍晚的时候,林宜生一回到家中,就把安大夫给他开的两盒新药,随手扔进了厨房的垃圾桶里。

47

这天深夜,曾静给林宜生打来了一个电话。她说:"咱家老李,最近越发荒唐了⋯⋯"一语未了,便哽噎不能言。宜生知道她在哭泣,一时也不知如何安慰她。

曾静告诉他,绍基不知从哪里又受了一场气,一时想不开,索性去医院找人开了张病假条,从此不再去单位上班。"毛笔字不写了,《金刚经》不抄了,龙泉寺也不去了。不知怎的就迷上了养热带鱼。"

李绍基从花鸟市场买回来一个带气泵的大鱼缸,在里面养了几十条"凤凰",七八条"燕尾鲨",以及数不清的"红绿灯"。"红绿灯"特别爱死,天又太热,曾静每天早上起床后的第一件事,就是从鱼缸里往外捞死鱼。家里的事,不论大小,绍基一概不闻不问,成天在鱼缸前发呆。

有一回,绍基大半夜在鱼缸前守着,把刚出生的"红绿灯"幼苗捞到一只玻璃瓶子里,以防止它们被凶狠的"燕尾鲨"吞噬。就这样坐到凌晨,昏昏沉沉地睡了过去,"一头栽倒在暖气片上,流了不少血。"曾静给他包扎完伤口,将他扶到床上,给他讲了几个她家"先祖"曾文正公的励志故事,然后苦口婆心地规劝道:

"当年曾国藩在江西湖口吃了败仗,眼见得积尸成山、血流漂杵,左右幕僚全都中箭身亡,呼啦啦大厦将倾,万念俱灰,只剩下了投水赴死一条路。如果他跳到水里,没被部属救起,当真死了,也就一了百了。哪还有后来的什么中兴柱石、洋务先驱,哪来的什么'三不朽'、'四名臣',名垂青史,流芳百世?都说仕途难料,有不测之祸,也有旦夕之福。俗话说,运去真金无颜色,运来顽铁生光辉。所以说,大丈夫相时而动。也怪我不冷静,当年逼你做出一桩糊涂事,紧要关头站错了队,害得你被通报批评,还降了职。可你就此心灰意冷,成天窝在家里,哪还有东山再起的机会?我劝你明天就去上班,好歹点个卯,就算熬到退休,也还落得个副局级的待遇不是?我担心你这样下去,迟早憋出病来。你不为自己留后路,也得为我和孩子想一想。"

曾静的话,绍基一句也听不进去,逼急了,他嘴里冷不丁冒出一句:"大不了把我降到副科级,还能怎么着?"在床上翻过身去,不一会儿就鼾声如雷。

不过,曾静的担忧并没有持续多久。随着部里的某位"大领导"被突然宣布双规,情况很快就出现了根本性的逆转。

48

七月初的一天,莎莎去北大的艺术学院参加自主招生夏令营。李绍基夫妇将女儿送到学校后,顺便在校园里各处转了转。午后的骄阳炙烤着未名湖的一汪碧水,即便待在树荫下,两个人仍然汗出如浆。曾静就想起了住在附近的林宜生，临时决定去褐石小区拜访他。

门铃响起来的时候，林宜生正在跟远在纽约的伯远通电话。

因他们来得突然，林宜生没有什么准备，只好炒了一盘花生米，三个人坐在餐桌前喝啤酒。当曾静对绍基说"今天可以敞开喝酒，反正待会有人开车"时，宜生不由得朝窗外停着的那辆黑色奥迪车看了一眼——司机正踮着脚，用鸡毛掸子掸去车顶的灰尘，又看了看坐在对面的李绍基。绍基额角上伤疤的结痂已经脱落，颜色比周围的皮肤要浅一些。他穿着一件浅灰色的衬衣，扎着红色的领带，袖口的铜质扣钉闪闪发亮。他的头发理短且染过色之后，整个人一下子年轻了许多，看上去显得特别利落。

"绍基兄这么精神，是不是近来有什么好事啊？"宜生对曾静笑道。

"别提了。今天上午被人请去作了场报告，五百多号人呢，还要录像，不捯饬一下不行啊。"绍基喝了口啤酒，将脖子上的领带松了松，"中午回到家，衣服都没来得及换，就赶这儿来了。"

"不瞒你说，老李最近是要动一动。"曾静捡了一颗花生米放到嘴里，接话道，"我看你今天也是笑眯乐呵的，是不是也有什么喜事？"

"伯远刚刚打来一个电话。他们学校快放暑假了。再有个十天半月，他就要回北京了。"

"怪不得你的电话一直占线，怎么也打不通。"绍基不紧不慢地道，"伯远去美国也有半年了吧？别说你，连我都有些想他。

怎么样,他在纽约还行吗?"

"孩子的事,咱们先搁过一边,还是说你吧,怎么个动法,往哪动?"

绍基笑而不语。末了,只是说:"前些天,部里领导找我谈过一次话。具体如何,现在还说不好。"

曾静向宜生解释说:"眼下只是刮了点小风,这雨到底会不会落下来,一时半会还不好说。我们的要求不高,只要老李恢复了正局级,就心满意足了。至于会不会像传言所说的那样更上一层楼,倒也不敢存什么非分之想。你知道,这两年来,老李真的给折腾得不轻……"

她在说这番话时,微微上翘的眉梢,耷拉下来的眼袋,眼角的鱼尾纹,以及藏在眉心的那颗大黑痣,都洋溢着压抑不住的喜气。

她甚至主动问起了楚云失踪一事。林宜生只得把这件事情的来龙去脉,从头至尾又说了一遍。这一次,李绍基夫妇听得特别仔细。当宜生提到中关村北大街那场惨烈的车祸时,绍基点了点头,插话说,他知道这件事。被撞死的那个人,他恰好认识,是派驻日内瓦联合国机构的一名外交官。

"要我说,楚云或许是临时遇上点什么急事。好端端的一个大活人,不会说没就没了。没准过些天,她自己就回来了,别太担心。"曾静道,"不过,既然陈渺儿一口咬定,在嘉里中心跟楚云吵过一架,你是不是也该去那儿找找?说不定会发现什么线索。渺儿是个实心眼的人,虽说平常说话有些不着调,但也不至于无端撒谎。"

就在林宜生心里琢磨着要不要去一趟嘉里中心时,忽听绍基低声自语道:"我倒有个办法。"

宜生正用起子撬开啤酒瓶的瓶盖。他眼巴巴地望着绍基,听任泛出的啤酒沫汩汩地涌出,顺着瓶身流到餐桌上。

可李绍基却并没有马上说出他的建议,而是陷入了令人不解的沉默。

"你有什么好法子,那就赶紧说。"曾静瞪了丈夫一眼,"都这时候了,还卖什么关子?"

"我在想,既然楚云在失踪后给杨庆棠回过短信,至少说明她目前并无大碍。也就是说,自杀或被害一类的事,基本上可以排除。如果真像你说的那样,她仅仅因为接到一个电话,就不辞而别,人间蒸发,那么这个不知什么人打来的奇怪电话,很可能与她哥哥有关。我没猜错的话,她现在应该是跟她哥哥在一起。但兄妹俩到底出了什么事,暂时还不清楚。我在想,你与其成天在猜谜语,倒不如也出个谜语,让对方去猜。我的意思是说,你不知道兔子藏在哪里,不如索性在草窠子里放把火,让兔子自己跑出来。事情其实很简单。你只要站在楚云和她哥哥的立场上想一想,下一步应该如何去做,也就一清二楚了。"

"清楚个屁啊!"曾静一脸疑惑地对绍基道,"被你这么一绕,我反倒是更糊涂了。"

"你想想看,"绍基转过身去望着妻子,"楚云,还有那个黑社会的老大,他们现在最担心的事是什么?"

"你是说……"林宜生几乎已经猜到了李绍基要说什么。当这个答案突然出现在他脑子里时,他兀自吓了一跳。

"报警。"李绍基的手指在餐桌上重重地敲了两下,脸色陡然阴沉下来。在这一刻,林宜生所熟悉的那个自信、沉稳且深不可测的李绍基又回来了。

"我刚才听你说,这个辉哥曾被枪毙过一次。而你,握有他们兄妹俩的案底以及所有违法证据,"李绍基抽出纸巾,擤了擤桌上的啤酒沫,接着道,"你知道他在东直门有一个藏身之处,另外,你也知道他们在天津蓟县盘龙谷有个窝点。这就好办了。什么黑社会,什么寺人披,要我说,在强大的公安机关面前,这伙人不过是一些个横行乡里的小毛贼!你只要给楚云发个短信,跟她说,你打算把你目前掌握的所有证据,统统交给警察,让荷枪实弹的特警队员连夜包围盘龙谷,你看她怎么说!"

应当说,李绍基的一番推理,以及他所提出的方案,逻辑严密且无懈可击。但绍基口中的"案底"、"窝点",尤其是"小毛贼"这样的词汇,让宜生听了十分刺耳,心里很不舒服。他有些为楚云(连同那个相依为命的哥哥)感到担忧,就像是他们兄妹俩在盘龙谷的那幢别墅,真的被警察包围了一样。

"老李的这个办法好是好,"宜生嗫嚅道,"可是不是有点太流氓了?"

"对付黑社会的人,不用非常手段,那哪成?我觉得可以试试。"曾静道,"再说了,你又不是真的找警察,只是吓唬吓唬他们,怕什么!"

49

凌晨两点时,林宜生将此前早已写好的那则手机短信,逐字逐句地又看了一遍。他担心自己委婉的暗示和威胁达不到预期的效果,又加上这样一句话:

>如果在明天上午八点之前仍未收到回复,我就直接去派出所报案。

为了防止自己再度反悔,他写完了这句话,立即就将短信发了出去。林宜生将手机搁在洗脸池边的木柜上,打算好好地洗个澡。

当然,林宜生用不着在焦虑的期盼中苦苦等到第二天上午。几乎就在他拧开水龙头的同时,楚云的回信就来了。在淋浴喷头唰唰的水声中,洗手池边的手机一直叮叮当当地响个不停。

一切都在李绍基的预料之中。

林宜生并不急于去查看那些短信,而是慢悠悠地压出洗发液,均匀地涂在头上。并且,他嫌自己结了饼的头发一次洗不干净,又洗了第二遍。这就如同在烟瘾犯了的时候,故意不去抽烟,将期待中的满足押后一样。不断响起的短信铃声,让林宜生意识到,自己拥有足够的能力决定兄妹俩命运。这带给他一丝无法说清的伤感。另外,李绍基略施小计,令人生畏的黑社会老大,就急不可待地跳了出来,林宜生反倒觉得躲在暗处的兄妹俩有些可怜。

短信一共有十一条。文字各异,长短不一,但都指向了一个共同的目的,那就是阻止他去报警。

仔细揣摩短信的内容和语调,林宜生很快就有了一个明确的判断:给他发短信的这个人并不是楚云。也许是辉哥,也许是别的什么人。因为有一则短信在提到伯远时,把"伯远"两字写成了"博远"。林宜生在短信中询问对方的身份,并问他能否直接通话,回复很快就来了:

> 我是不是辉哥并不重要,重要的是你不要自作聪明。我警告你,不要说真的去派出所报案,就连出现这样的念头也是极其危险的。你知道会有什么样的后果。

辉哥的身份被识破后,似乎已恼羞成怒。短信的措辞不再模仿楚云的语调,而是近乎赤裸裸的威胁了。奇怪的是,林宜生在做出"你放心,不论在什么样的情况下,都不可能去报案"这样的承诺后,令人蹊跷的沉默让林宜生在焦灼中直冒虚汗。他尝试着打了一个电话,对方未予理睬。

大约过了二十分钟,辉哥直接约他第二天晚上六点,在苏州街的一个名叫"松鲈居"的淮扬菜馆见面。林宜生立即表示同意,并特意加上了"不见不散"四个字,让对方宽心。辉哥在短信中的语调终于和缓了下来:

老兄近来过得如何？

宜生答复：

还行。

辉哥的最后一则短信很快就出现在了他的手机屏幕上：

见面地点改在彩和坊33号。时间不变。

50

彩和坊33号是一家专门经营素食的餐馆。按照辉哥给他发来的路线提示，林宜生很容易在金象大药房与民生银行之间找到那个仿古的灰暗门楼。刚刚下过一场雨，天空澄碧。站在楼群环抱的那个精致的庭院中，他仍能看见远处的护城河，以及夕阳中的一带远山。庭院的"枯山水"布局，有些刻意模仿京都远郊的龙安寺——长方形的院落中铺满了灰白色的细小沙砾石，三四块尖削的山石依疏竹而立。只是东南角的一棵老桩紫薇有点碍眼，满树的花簇过于俗艳热烈，加上门边的两缸睡莲，整个院落的风格有些不伦不类。

在报上自己的姓名之后,一个扮成旗人格格模样的女服务员领着他,经由一条光线幽暗的长廊,来到了后院一间名为"洞庭春"的包房门前。

辉哥已经在那等他了。

辉哥给林宜生的第一印象,既不像他曾经想象的那样面目狰狞,也不像楚云描述的那般"温文尔雅"。这人四十出头,穿着一件黑色的旧T恤,个子不高,有点瘦。窄窄的脸,留着稀疏的络腮胡子。眼睛很小,在两片茶色镜片后面挨得很近。他坐在一张红酸枝的长桌前,手里抓着一把青豆,一颗接着一颗放到嘴里,慢悠悠地嚼着。屋顶上垂下来的两盏圆筒灯的光柱,照亮了他那张病恹恹的脸。

看见林宜生从门外进来,他坐着没动,只是微微向他颔首致意。身后的整面墙上,厚厚的布帘拉得严严实实。他看上去就像是坐在舞台上。

"我们这是第二次见面了。"林宜生在他对面刚坐定,就听见辉哥这样对他说。他的嗓音有点喑哑,不时地猛吸一下鼻子。空调送风的声音,使得这个房间更显静谧。

"大概还是去年的四五月份,我去听过你的一次课。我记得,是在一个阶梯教室里,你在课堂上给学生讲解《共产党宣言》。说实话,那堂课,让我深受教益。看来,教授也不是随便什么人都能当的。要是早一点有机会听你上课,说不定我也会成为一个坚定的马克思主义者。"

为了表明自己对马克思的敬佩，辉哥随口背诵了一段《共产党宣言》中的句子：

> 生产的不断变革，一切社会状况不停的动荡，永远的不安定和变动，这就是资产阶级时代不同于过去一切时代的地方。一切固定的僵化的关系以及与之相适应的素被尊崇的观念和见解都被消除了，一切新形成的关系等不到固定下来就陈旧了。一切等级的和固定的东西都烟消云散了，一切神圣的东西都被亵渎了……

"怎么样，没错吧？"

"可以说，一字不差。"

"那天快要下课时，有个女生举手提问说，既然如此，我们应当如何面对当今的现实？你还记得自己是如何回答的吗？"辉哥微笑着望着他。

"时间过了这么久，实在想不起来了……"

"你思考了两分钟，最后回答说，要想有效地对抗资本主义，最好的办法莫过于不工作。只要不工作，资本家就无法榨取工人的剩余价值。是这样吧？这些观点让我大开眼界。至少，我有机会知道，你们这些知识分子的脑子里，成天都在琢磨些啥玩意。你先喝点汤，这家馆子只供应素食，不知你是不是吃得惯？"

林宜生尝了一口服务员刚刚端上来的竹荪松茸汤，对辉哥解释说，这并不是他个人的观点，它同样来自于青年马克思的构想。"马克思的意思是，你工作越卖力，也就意味着受剥削的程度越深。因此，要真正获得自由，就必须对资本主义的生产方式本身进行认真的思考，在最大限度上拒绝与资本合作。"

"这恐怕不是办法。不工作的话，这钱从哪里来？比方说，你不教书，不去全国各地巡回演讲，如何去养活一家老小，供儿子在纽约念书？"辉哥慢条斯理地嚼着豆子，"如果说，这天底下真有什么人的生活方式符合马克思的设想，这个人应该就是我。我倒是从来不工作。"

林宜生的脸一下子就红了，他听得出对方语调里藏着的轻蔑和讥讽。另外，他也意识到，在这样一个场合，与一个黑道人物讨论马克思，多少有点辱没前贤。好在对方很快就换了一个话题。

辉哥刚从身上摸出一包香烟，服务员就赶紧从配餐室里拿来了一个白瓷小烟缸，双手递到了他的桌前。

"好吧，我们言归正传。"等服务员退下之后，辉哥点上一根烟，懒懒地歪在圈椅上，神色陡然变得峻厉起来，"我想，你现在最关心的，是我妹妹到底出了什么事，为什么这么长的时间音讯皆无。是这样吧？遗憾的是，我也不知道这事是如何发生的。直到刚才来这儿的路上，我还在脑子里想着这件事。劫持她的人是谁，我也没什么线索。我只能说，她现在的状况很不好。"

"你是说，她遭到了劫持……"

辉哥停了几秒钟，提醒他说话时声音小一点。随后又接着道：

"比那还要严重。如果不是《首都金融》杂志社的一个编辑,深夜骑车路过菜户营桥,及时发现了她,我妹妹这会儿早已不在人世了。"

51

辉哥说,早在一年前,当楚云第四次前往南锣鼓巷的 Comet 酒吧时,似乎就有人盯上了她。一个身穿花衬衫、留着卷发、流里流气的年轻人,走到了她的桌边,径直坐在了她的对面。楚云也许感觉到自己受到了冒犯,就礼貌地责问对方:"这间酒吧里有的是空座位,为何偏偏要跟我挤在一起?"那个年轻人呵呵一笑,反问她:"有什么法律规定我不能坐在这儿吗?"楚云不想与他纠缠,端起咖啡杯,打算另换一个座位。年轻人凑到她近前,涎着脸问她:"你是不是在等什么人?"楚云说:"我等什么人,跟你有关系吗?"那个人就冲她诡秘一笑,说:"也许,我们俩等的是同一个人呢?"

在当天晚上,楚云和那个小伙子发生争执的照片,就传到了辉哥的电脑上。他立刻意识到了问题的严重性。他反复地端详着电脑屏幕上那个身穿花衬衫的年轻人。只有把这个小伙子想象成偶然闯入酒吧的某个街头小混混时,他的心才能稍稍安定下来。妹妹有可能处于危险之中这一事实,最终促使辉哥下决心与楚云见面。辉哥说,他来到这个世界的唯一使命,就是为了让妹妹远离恐惧。这使他陷入了一个巨大的矛盾之中：既要提醒她防范随时都有可能降临的危险，又不能告诉她全部实情，让她在过度的惊吓中提心吊胆。他内心非常清楚：该来的迟早会来。但他完全没有料到，后来发生的事是如此的残酷。

四月初的那天下午，林宜生和楚云去"曼珠沙华"喝茶时，"他们"本应该在小区门口动手。中午时，小区西门外的马路上恰好出了车祸。一个驻外机构的外交官，正在北京休假。他看见路口的绿灯亮了，就和夫人手挽手过马路。两人被一辆越野车撞倒之后，那个外交官遭到了一辆渣土车的碾压。"当天的新闻评论说，这个外交官或许在欧洲的大都市待的时间太长，丧失了起码的现实感。他大概早已忘了，在北京，即使绿灯亮了，过马路仍会有危险。蜂拥而至的警车迫使他们把计划推迟到了下午三点以后。"

楚云在接到那个诱骗电话时，辉哥正坐在从深圳回北京的飞机上。他的电话突然关机，也多少影响到了楚云当时的判断。当她从茶社跑出来，去马路上拦车时，原先在那儿趴活的出租车，在半小时前就已被驱赶一空。停在那儿的两辆"黑车"的司机，都是"他们"的人。不管楚云选择哪一辆车，她的目的地都只有一个，那就是虎坊桥附近的一个小四合院。"你也许根本无法想象，在接下来的六七个小时中，为了从她嘴里逼问出我的藏身地点，他们使用了怎样令人发指的手段。不管你怎么去想，都是合理的。楚云后来告诉我，当他们掰开她的嘴，直接朝她嘴里撒尿的时候，她实际上已经快支撑不住了。在这个节骨眼上，好在她及时地晕死了过去。"

当楚云再次清醒过来，已经躺在了菜户营立交桥下的一个土坡上。草坡上种满了玫瑰。"无论她的手摸向哪个方向，都会碰到玫瑰花的花刺"。汽车一辆接着一辆地从桥下驶过，车灯照得她睁不开眼。后来，有一辆车倒是停了下来，但那人只是蹲在她身边，一动不动地盯着她看。她明明知道自己的下身光着，也只能由他去了。最后，《首都金融》杂志社一个姓张的编辑，骑车路过那里，立刻脱下自己的夹克，盖在了她的身上。这个编辑刚刚入手了一辆进口山地车，正在兴头上，每天晚上都按固定线路在那一带骑车健身。楚云的嘴唇，还有整个脸，都被人用刀子划烂了。张编辑趴在她跟前，费了半天的劲，才问出了辉哥的电话。张编辑是个善良而固执的人。尽管辉哥在电话中严厉提醒他只需待在原地，什么都别做，尤其不能报警，但这个过分热心的年轻人还是节外生枝地给急救中心打了电话。辉哥的人赶到那里时，他甚至试图阻止他们将楚云接走，坚持要将她送往附近的宣武医院急救。当他缠着那伙人，要查看他们的身份证时，辉哥的一个手下实在有些不耐烦，"带着对他的尊敬、同情和无可奈何，在他的头上狠狠地敲了一闷棍"，任他守着那辆宝贝自行车，在草坡上左右翻滚，杀猪般地叫唤。

反正他叫来的那辆救护车，一会正好可以派上用场。

"楚云现在人在哪？能不能让我去看看她？"

"至少现在还不行。"辉哥说，"我们先是去了廊坊的一家医院，给她做了简单的包扎，然后连夜去了天津。她前三次的整形植皮手术，都是在天津做的。一周后，我们会带她去上海，做最后的整容治疗。"

这家素菜馆实行分餐制。鲍鱼、辽参和响油鳝糊，虽然看上去外形逼真，但食材均为豆制品，且早已凉了，林宜生没什么胃口。他只吃了一小碗阳春面，然后就一根接一根地抽烟。

他在想着另外一件事。楚云从美国回到北京之后，在很长一段时间中，辉哥一直避免与她见面。如果不是因为她陪美国教育考察团去了一趟南锣鼓巷，如果不是那个身穿花衬衫、留着卷发的年轻人闯进了"Comet"酒吧，楚云也许至今还不知道她的哥哥仍活在人世。不管怎么说，这事都有点不近情理。除了不想让她卷入到可能的危险之中，或许还有别的原因。

让林宜生感到震惊的是，即便是自己脑子里一闪而过的念头，辉哥也并非毫无察觉。等到最后的果盘上来，他听见辉哥猛吸了一下鼻子，仿佛是为了解释林宜生心中的疑团，对他说起了多年前的一桩往事。

年关将近时的一天早上，身患重病的母亲自知来日无多，将他一个人叫到了床前，含着眼泪告诉他，她已经不中用了。但有两件事情放心不下。

第一，父亲当年并非死于矿难。母亲在为他擦洗遗体的时候，在他胸口发现了至少三处刀伤，而每一刀都足以让他丧命。她没有声张。"将来，你有本事就去上大学，没本事就去扫马路，不过有一条，千万别走你父亲的老路。"

第二，等到过了年，楚云就九岁了。"既然我们当初收留了她，她就是你的亲妹妹。你们兄妹俩，无论如何不能再在一张床上睡觉。我死了，这张床就空出来了。你睡我的床，让妹妹一个人睡。"

母亲为了让他们好好过年，在腊月二十八这一天，强撑着洗了个澡，吞下了整整两瓶安眠药。

说到这里，辉哥明显地迟疑了一下，接着又道："不管楚云本人怎么想，在任何时候，她都只能是我的妹妹，不可能成为别的什么人。本来，我想等到你们结婚时，在婚礼现场露面，就算是送给她的一个特别的礼物。但不知为什么，你们两人，迟迟没什么动静。"

这段话，辉哥说得隐隐约约。他的眼眶很快就红了。

"以后呢，以后你打算怎么办？"过了好一会，宜生问他。

"没有什么以后了。"辉哥叹了口气，轻轻地摇了摇头，"她不可能再回到你身边。对于一个需要戴着面具生存的女人，你应该可以理解她那点可怜的自尊。"

辉哥告诉他，钢刀在她脸上留下了太多的印记。可以说，在那张遭到损毁的脸上，没有一块皮肤是完整的，甚至连说话都受到了很大的影响。楚云是山西人，可她现在说话的声音和语调，听上去更像是一个口齿不清的南方人，显得极为陌生。"假如说，对方的意图，就是为了让我在看到这张脸之后感到心惊胆战，我必须得承认，他们确实达到了目的。"

问题是，这事到底是谁干的，直到现在，辉哥都没有查出任何线索。他让人在虎坊桥一带暗中探访了两个多月，仍然没有找到那个小四合院。

"你大概已经听说了,今年的中秋节,一个姓杨的朋友,张罗着要在圆明园南门外的正觉寺,举办一场音乐会。到时候,我会和她一起来,与你见上最后一面。目前我所能告诉你的,也就是这些了。"

按照辉哥的说法,楚云与林宜生"最后的见面",被安排在了两个月后的正觉寺。不过,音乐会上名流云集、人多眼杂,并不是一个适合会面的理想地点。对于宜生的种种疑虑,辉哥没做太多的解释,只是淡淡地对他说:"只要是我说过的话,就一定会兑现。这一点,你尽管放心。"

"哦,对了,我差点忘了一件事。"辉哥从椅子上站起身来,对他道,"记得楚云跟我提到过,说有一个姓赵的女人欠了你二十八万,拒不归还,有这样的事吗?"

"是有这么回事。"林宜生笑道,"钱是借给她丈夫的。可他在草场地的私人会所游泳时,突发心脏病,没等送到医院就咽了气。死无对证,我也只能自认倒霉。"

"二十八万对你来说,也不能算是一个小数目吧?你辛辛苦苦讲堂课,才能挣几个钱?这事难道就这么算了?不如这样,你把她的家庭住址或者电话给我,我来替你讨回这笔钱,怎么样?不用担心,我们有的是办法让她马上还钱。"

林宜生对此事颇费踌躇。他所顾虑的是,对楚云有救命之恩、一心想着做好事的张编辑,尚且被他们敲昏在了菜户营桥下的草坡上,弱不禁风的赵蓉蓉,一旦撞上这伙上门讨债的黑煞星,会有怎样的后果，是不难想象的。另外，辉哥会不会把楚云受辱而无处发泄的一腔恶气，全部撒到赵蓉蓉身上？

辉哥起身去了一趟洗手间。

当他从洗手间出来，用餐巾纸仔细地擦着指缝中的水渍时，仍然没有忘掉那件事：

"你不要有什么顾虑。我们不会把她怎么样的。对待女士，我们从不乱来。只要你点个头，我很快帮你摆平此事。我会让她认识到自己的错误，愉快地、心甘情愿地把钱还给你，不会影响到你们之间的友情。这一次，我会亲自出面来处理这件事。"

林宜生经不住辉哥"让这个世界少一点无赖，多一点正义，也是好事"一类说辞的鼓动，稀里糊涂地将赵蓉蓉的号码发到了辉哥的手机上。窗外树荫中的布谷鸟，连续不断地向他发出"不不不"的警告。

他想改变主意，已经太迟了。

52

在返回海淀的出租车上，这件事一直梗在宜生心中。一想到辉哥将会亲自出面处理此事，他的脊背就一阵阵发凉。这个曾经将"秃妖"追得满世界乱窜的黑社会老大，将会如何去对付一个娇媚、柔弱的寡妇，他实在不敢往下想。在追讨这笔欠款的过程中，赵蓉蓉出现任何闪失，无论是对死去多年的查海立，还是以赵蓉蓉的保护人自居的周德坤，他都不好交代。

林宜生回到家中之后，经过反复斟酌，决定立即对此事进行一些补救。

凌晨一点，当赵蓉蓉在睡梦中被林宜生的电话吵醒时，她的烦躁和愤怒是可以想象的。宜生支支吾吾地提到了多年前的那笔借款，可哈欠连天的赵蓉蓉根本不打算安静地听他说下去。她在骂了一句"你他妈的还有完没完？"之后，就挂断了电话。

可是，赵蓉蓉在无意当中犯了一个错误。

对长于思辨、逻辑严密的林宜生来说，"你他妈的还有完没完"这句话，本身是有问题的。因为林宜生此前从未向赵蓉蓉提及那笔欠款，也就是说，他是第一次向赵蓉蓉催款，无论如何，她都不应该用"有完没完"这样的诘问，来表达她的恼怒。她在半梦半醒之际发出的这声吼叫，恰好表明：赵蓉蓉不仅知道这笔借款的存在，而且长期以来一直为此事感到困扰。这句话所暗示的事实，加上赵蓉蓉在电话中刺耳的责骂，立刻抵消了林宜生心中的内疚和担忧。他怔怔地听着话筒中嘟嘟、嘟嘟的忙音，在黑暗中突然咧嘴笑了一下，仿佛在说：

那好吧，你等着。

53

有着"世界第一发烧友"之称的关肇龙,每年夏天,都会去大兴安岭的漠河避暑。在他途经北京时,杨庆棠召集了京城的一帮发烧友,在北四环的"顺峰酒楼"为他接风。伯远乘坐的达美航空的班机,第二天上午十一点将会降落在首都机场。林宜生在即将见到儿子的兴奋和不安之中,不知如何打发接下来的二十个小时,就抱着不妨去见见世面的念头,参加了这次聚会。

关肇龙是广东揭阳人,多年来做房地产投资积攒了大笔的财富。他平常自奉甚俭,不沾酒色,厌闻官场之事,对大学里的名誉博士和MBA证书也没有什么兴趣,一直在为钱多得花不完而发愁。有一年,他在香港的一个国际音响展上闲逛,"音乐洗净尘世的污垢"这句简单的广告语,犹如醍醐灌顶,令他茅塞顿开。而当蔡琴那浑厚低沉的"是谁——",从一对履带式屏风音箱中飘然传来时,他激动得差一点落下泪来。

当他决定用音乐来洗一洗自己灵魂中的污垢时,关肇龙无意中也为"挥霍"这个词语,赋予了全新的内涵。

在揭阳城外琵琶湖边,关肇龙专门修建了一座六层楼的花园式建筑,用来摆放他从世界各地收罗来的名贵音响和各类唱片。常有港台和日本的发烧友慕名赶往揭阳,在幽静的琵琶湖边待上一两天,一饱耳福;而国内其他城市的发烧友,则更喜欢打着小旗子,组团前往揭阳朝圣,美其名曰"发烧两日游"。对于这些来自世界各地的造访者，关肇龙一概用美食香茗盛情款待。据说，仅仅是他用来待客的"凤凰单枞"的消耗量，每年就超过了一百公斤。美国发烧天书 TAS 杂志的主编罗伯特·哈里（Robert Harley），也曾专程前来一探究竟。据说，在见识了关肇龙的音响博物馆之后，哈里在不久后的一篇文章中这样写道：

"毫无疑问，关先生在音响器材收藏界的地位，世界上无人能出其右。至于那些令人叹为观止的黑胶唱片，无论是质量还是数量，都足以与美国国会图书馆相媲美……"

杨庆棠去了一次揭阳之后，也深受刺激。回到北京之后，他就将家中的音响器材和一万多张唱片，悉数转让出去，并公开宣布"退烧"。从那以后，他只听现场——每年追逐世界顶级乐团和音乐大师的脚步，满世界乱跑。

除了林宜生与周德坤之外，应邀前来作陪的，都是北京音响发烧圈的名士：人称唐馆长、收藏了八万张黑胶唱片、因缺了两颗门牙而说话漏风的唐朝晖；网名为"憔悴江南倦客"、因而"不堪听急管繁弦"的北大退休教授童向荣；拥有一对德国 MBL 旗舰音箱的电影导演胡二哥（他一见面就拿比尔·盖茨来说事，是因为后者家中的音箱正好与他的同款）；以收罗世界各地的 35A 音箱为己任且长着一对招风耳的老田；著名钢琴品牌"贝森朵夫"的代理商、没事老爱扑闪眼睛的陈奚若；贼眉鼠眼的 Tommy 服装厂老板蒋颂平。

还有一位客人暂时没到，这人姓崔，是蒋颂平的发小。因家住远郊的石景山，此时，他正在赶往"顺峰"的路上。据蒋颂平介绍说，这位崔师傅，也不是一般人。这个人没读过几天书，在出道前，原是"同昇和"鞋店一名伙计。后来不知怎么就迷上了发烧音响。他亲手设计并制作的胆机，在资深发烧友群体中有口皆碑，一直供不应求。

这些发烧圈难得聚齐的"神秘人物"，除了每个人的长相稍显古怪以外，没有给林宜生留下什么特别的印象。本来，他以为这些自负而倨傲的大佬们碰在一起，免不了要有一番唇枪舌剑的切磋、比拼或争论，不料场面出奇地安静。几乎人人都抱臂而坐，含笑不语，气氛既冷清又怪诞。

关肇龙不说话，是因为他懒得说话。当杨庆棠问他为何不在北京多住些日子时，老关低声道："偌大一个京城，竟然找不到一个可以勉强听得下去的音响系统，有意思啦……"陪客们不说话，是因为他们不敢说话。无论是黑胶和CD唱片的拥有量和珍稀程度，还是动辄百万元的数十套世界顶级的音响器材，关肇龙的存在，都足以让他们心里发虚，谁都不敢贸然开腔。

周德坤见关肇龙态度矜持，陪客们又过于拘谨，场面颇有些尴尬，便端起酒杯，特意走过去向他敬酒。他顺便也向对方请教了一个问题："我最近也想入手一套黑胶系统。唱机和唱盘、唱臂和唱放，都已经定了。只是在唱头的选择上，有些举棋不定。我想讨教一下，'动磁'与'动圈'唱头，在声音表现上，究竟有多大不同？"

关肇龙拿起一杯矿泉水，抿了一小口，不紧不慢地对他说：

"除了MM和MC之外，还有一个MI，俗称'动铁'。至于三者之间到底有什么区别，不是几句话可以说清的。选择什么样的唱头，往往并不取决于设计思路，关键在于你的预算。"

这时，坐在关肇龙右手的唐馆长笑了笑，提到妻子不久前给他下达的"最后通牒"：在唱片、摄影和婚姻之间，他只能选择其中的两项。迫于妻子的压力，唐馆长打算退出发烧圈，专攻摄影。为了能够拍到喀纳斯湖的水怪，他每年夏秋两季都会去北疆蹲守。他有意将自己收藏几十年的黑胶唱片全部转让给关肇龙：

"我手里的八万张唱片，至少有两万张几乎是全新的，有些还没有拆封。当年用集装箱从欧洲把它们运回来，费了不少力气。光给这些唱片编目，就花了我差不多两年时间。不知这些东西，能否入得了关兄的法眼？至于价格嘛，您说了算。"

关肇龙没有直接答复他，而是反问对方，手里有没有海菲茨那套"78转"头版的《苏格兰幻想曲》？

唐馆长想了想说，他只有33转的复刻版。

"那么，尼古拉耶娃演奏肖斯塔科维奇的那张呢？"关肇龙又问道，"我指的是《二十四首前奏曲与赋格》，Melodiya在苏联时期的版本。你大概也知道，当年肖氏在创作这首作品时，每写一段，都会征求女钢琴家的意见。因而，尼古拉耶娃的录音，毫无疑问是最权威的版本。这张唱片，我倒是有两张，只是品相和音质稍差。"

唐馆长说，这个曲目，他收藏的是阿什肯那奇和霍洛维茨的版本。

经过简单的试探，关肇龙似乎已经掂量出了唐馆长那八万张唱片的成色，便转过身去，专心剔牙，不再与他说话。

在关肇龙与唐馆长比较唱片的版本时，周德坤满腹疑虑地告诉林宜生，李绍基夫妇近来的一些举动十分反常，让人有点捉摸不透。

曾静原打算与陈渺儿合伙在望京开一个画廊，低价收购年轻画家的画作，等到将来作品涨价时，再抛售出去。陈渺儿连房子都已经找好了，曾静不知为何突然又变了卦。

"我在多年前送给绍基一幅沈尹默的字，在当时也值不了几个钱。说实话，这事我都早忘了。可就在前几天，曾静专程来到我家，把这幅字又还了回来——她给渺儿送来了上次落在他们家的一件外套，那幅字用一个大信封装着，就裹在外套里。彼此都没有点破。你说怪不怪？最近一段时间，他们夫妇俩好像在刻意与我们保持距离。渺儿判断说，绍基一定是出了什么事，说不定已经被隔离审查了。很有可能，他们在忙着转移赃物……"

因见德坤夫妇完全猜错了方向，林宜生不禁哑然失笑。他正想跟德坤解释几句，忽见服装厂老板蒋颂平站起身来，撸了撸袖子，大声地提醒大家静一静。他要讲一个有关发烧友的小故事，给大伙助兴。林宜生只得小声地对德坤说了句"待会再细说"，抬起头来，望着脖子上挂着一条粗大项链的蒋老板。

蒋颂平的故事是这样的：

一位长春的发烧友，半夜时分在家听小提琴曲《梁山伯与祝英台》。这是由西崎崇子与名古屋爱乐乐团1978年合作的版本。众所周知，这首曲子的精华部分出现在第14分01秒至第16分25秒的这个时间段中——那是由小提琴与大提琴交织缠绕的一段对话，人称"楼台会"。这位发烧友对音响供电的纯度十分敏感。据他说，火电的声音温暖饱满，低频厚实；而水力发电则让乐声清澈透明，流畅润泽，解析力和离箱感一流。当然，核电是最理想的，因其兼有两者的优长。在全国大大小小的火力发电厂中，要算宁波北仑电厂发出来的电最为纯净。这是因为，北仑电厂用的是澳大利亚低硫优质煤。而水力发电站的翘楚，当数吉林松花江上的小丰满。为了能用上小丰满的清洁电源，他特意将家从沈阳搬到了长春。这天晚上，在播放《梁祝》中的那段脍炙人口的"楼台会"时，那哥们儿总觉得声音哪儿不对劲，怎么也无法带给他往昔的那种沉醉感。小提琴追魂摄魄的甜味、大提琴浓郁的"松香味"，一并都消失不见。他把这个段落一连听了三遍，不知道问题出在哪儿。最后，他焦躁地对坐在一旁打毛衣的妻子说道："这声音他妈的不对啊！莫非，小丰满水库突然涨水啦？"

第二天一早，收音机里传来的一则新闻，证实了他的猜测：由于山洪暴发，小丰满电站的水位达到了1953年以来的最高值……

周德坤小声地告诉林宜生，与在场的众多发烧界大佬相比，蒋颂平只是一个入门级的小角色。他讲的这个故事，不过是由互联网上几个老掉牙的段子拼凑而成。杨庆棠让他在这么重要的场合露脸，自有他的考虑。因为蒋老板为两个月后在圆明园举行的中秋音乐会，赞助了一半的费用。

果然，蒋颂平在讲完这个故事之后，只有杨庆棠干巴巴地笑了两声。

直到聚会结束，那位制作胆机的崔师傅，始终都没有露面。蒋颂平解释说，崔师傅住在远郊，交通不便。开出租的姐夫特地送他过来。老崔刚才打来了电话，姐夫的出租车坏在了城乡接合部的小羊坊桥下。

54

宜生兄好。昨天在整理海立的遗物时，无意中从他留下来的一个黑色公文包里，发现了当年的一张账目清单。我这才知道，因为买领秀硅谷的房子，他曾向你借款二十八万。我大致算了一下，按目前银行理财百分之六的年利，四年的利息加上本金，总共是三十四万七千二百元。你方便时，请提供银行信息，我会在第一时间将钱打到你的卡上。另外，请你一定要原谅我在电话中的无礼。你当初慷慨相助，多年来对这笔借款不置一词，实在让我感动。海立过世后，我一直在心里默默地把你看成自己最亲近的人。我愿意用你可以接受的任何方式，来弥补我的怠忽、过失和无礼。蓉。

上午十点半，在首都机场第三航站楼的接机大厅里等候儿子时，林宜生收到了赵蓉蓉给他发来的短信。因内容较长，这则短信分四次发出。短信的最后一句话，以及落款的那个"蓉"字，让他回味良久。在给对方回信时，他的眼前浮现出赵蓉蓉妩媚而精致的脸庞，感觉到了一种甜蜜而悠远的快意。他在手机上刚输入了一个"亲"字，就从广播里听到，纽约飞往北京的达美航班已安全着陆。

55

伯远挎着双肩背，拖着沉重的拉杆箱，远远地出现在国际航班到达的通道里。那时，接机大厅里已没有多少人了。伯远戴着耳机，一脸疲惫地走过行李查验处。他知道父亲在大厅里等他，却故意不朝宜生这边看。

他的身边没有蓝婉希。

林宜生在与儿子拥抱时，问他为什么没跟婉希在一起。伯远就把耳机摘下来，反问他："为什么要跟她在一起？"宜生就知道，他们之间的关系似乎出了点问题。他们坐电梯下到负一层，去排队等出租车。林宜生又问他想去什么地方吃饭，伯远说了声"还是先回家吧"。父子俩半年不见，彼此都有些生分。宜生习惯性地掏出了香烟，伯远就轻轻碰了碰他的胳膊，指给他看墙上"禁止吸烟"的警示牌。

这天下午，伯远一直在酣睡。林宜生不时溜进儿子房中，偷偷打量他熟睡的样子。然后，他又重新回到客厅的餐桌边坐下，摆弄着儿子从美国带给自己的礼物。一柄海泡石烟斗，两袋荷兰产的烟丝，一把 Philips 的电动剃须刀，一只 Zippo 打火机。旁边还搁着一套雅诗兰黛的化妆品，大概是送给楚云的。

伯远已经知道了楚云失踪的事。

伯远睡到晚上九点多才醒。等他去浴室冲了澡之后，宜生就带他去小区门口的"渝淮人家"吃露天烧烤。伯远睡足了觉，喝了一杯冰啤酒，人也开始缓过劲来，不像刚下飞机时那般颓唐。

林宜生让他说说在美国半年的感受，伯远道："别急，还是先说说你的事吧。"

林宜生就把楚云失踪前后经过，大致说了说。不过，辉哥与他在彩和坊见面这件事，林宜生只字未提。伯远端起酒杯与父亲碰了一下，叹了一口气，说："咱俩彼此彼此。算是同病相怜吧。"

见父亲用迷惑不解的眼神望着他，伯远随后补充道："我的意思是说，喜欢在这个世界上玩失踪的，也不是只有楚云阿姨一个人啊。"

伯远说，本来，他和婉希约好一起回北京的。可在学期结束时，他接到王雨绮从国内打来的电话。刚上高中时，王雨绮是伯远的同桌，后来，因为学校篮球队的训练和比赛耽误了太多的功课，王雨绮留了一级。王雨绮在电话中说，她和母亲想来纽约待几天，顺便了解一下美国的大学教育。因为她们母女俩是第一次出国，人生地不熟，问伯远能不能去肯尼迪机场接她们一下。伯远立刻爽快地答应了。他不仅去了机场，而且当天下午还陪她们去了时代广场以及911遗址。第二天，伯远带她们去了NYU和哥伦比亚大学，还抽空去了一趟布鲁克林的艺术区。

无论是打出租车还是吃饭，她们一分钱也不让伯远出。

在曼哈顿梅西百货购物时，伯远因想起这些天总花她们的钱，有点过意不去。为了缓解心中的不安，他给雨绮买了一身CK运动服。后来，伯远经不住王雨绮"好人做到底"的央求，又陪她们去了波士顿，带她们去哈佛大学和麻省理工参观。

晚上住宿的时候，王雨绮的母亲为了节省开支，就在原先预订的酒店客房内加了一张床，三个人挤在一个房间里对付了两夜。

伯远送走了王雨绮母女，从波士顿返回纽约时，他与婉希已经联系不上了。

"这个人就像从地球上消失了似的，我给她打电话，不接。发短信，不回。写e-mail，不理。"

除了在学校的宿舍里傻等，他没有别的办法。直到贺胖子在电话中告诉他,蓝婉希已经在附中的一次同学聚会上露了面,伯远才知道她早已一个人飞回了北京。

"你说她这人到底是咋回事?说好了一起回北京的,临了连个招呼都不打,丢下我,一个人悄没声地走了,简直不可理喻。噢,对了,我在纽约机场还给她打过一个电话,她没接。快登机时,她却给我发来了一个莫名其妙的短信,说什么'一别两宽,各生欢喜',这不是明摆着要跟我分手吗……"

"等等,"林宜生打断了儿子的话,笑道,"王雨绮跟她母亲去纽约这件事,婉希知道吗?"

"知道啊,我提前跟她说啦。她还说,她刚考完试,正好闲着没事,可以来纽约陪她们一起逛两天。我觉得她一个人从新泽西专门赶过来,没有多大必要。这么点事,我一个人能对付,就没让她来。"

"那么,你在梅西百货给王雨绮买运动服这件事,告诉婉希了吗?"

"当时就打电话告诉她啦。怎么啦?"

"她是什么反应?"

"没什么反应呀。她只是随口说了句,'哟嗬,真的看不出,你还挺有钱的嘛!'我看她挺高兴的呀。"

"你陪王雨绮她们去了波士顿,三个人住在一个房间里,这件事,你跟婉希说没说?"

"说啦,我们每晚都会通电话的。"

"婉希怎么说?"

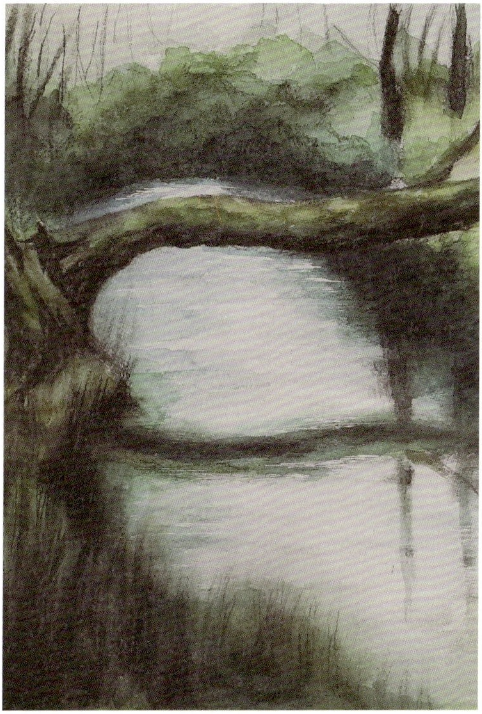

《月落荒寺》画意 李鹊 作

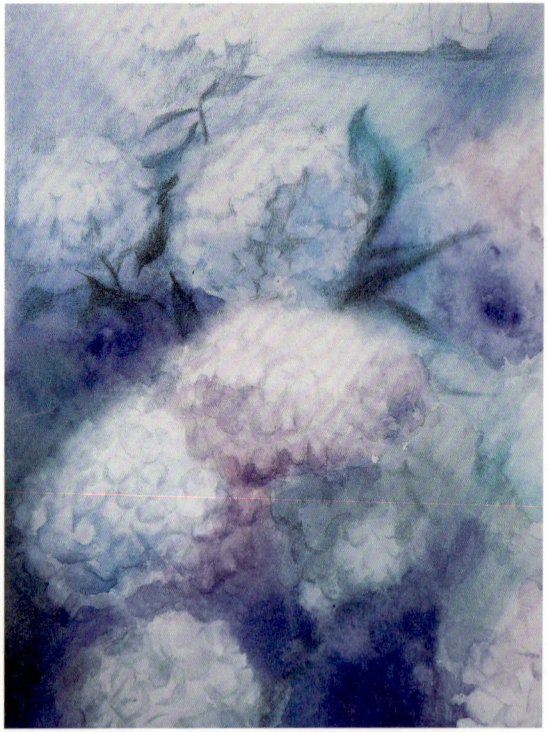

"没说什么呀,她在电话里乐呵呵地说,呦!你们三个人一锅烩呀!美的你呀!她还问我有没有给王雨绮唱个歌什么的,我问她唱什么歌,她说,《同桌的你》呀……"

林宜生将目光转向别处,猛灌了几口啤酒,忍了半天,才没让自己笑出声来。在王雨绮去纽约的这件事上,蓝婉希所有的情感反应(对于一个十七八岁的女孩来说,再正常不过了),儿子都做出了完全错误的理解。他本想将这件事从头到尾复原一遍,给儿子解释一下其中的曲折,一时又不知从何说起。

"别担心。"他宽慰儿子道,"我看你们俩,没啥事。"

儿子张着嘴,将信将疑地望着父亲:"你确定?"

林宜生笑道:"你这些天要是闲着没事,就把书架上那套《红楼梦》好好读一遍。等你看完了,差不多就该知道你们俩之间到底发生了什么事了。"

伯远回家后有没有看《红楼梦》,林宜生并不知道。但在一周之后,当伯远和老贺去学校大操场踢球时,看见蓝婉希独自一人,出现在了空空荡荡的看台上。在老贺的催促下,伯远朝她走过去,将身上的钱包、钥匙和手表交给她看管。蓝婉希泪眼婆娑地望着他。在足球场上传来的哄笑、尖叫和口哨声中,两人相拥而泣。

一天早上,林宜生骑自行车去学校,参加马列主义学院的成立典礼。他远远地看见伯远和婉希手拉手,正从小区的大门进来。林宜生假装没看见他们,想从他们身旁疾驶而过,倒是蓝婉希落落大方冲着他喊了一声"叔叔好"。林宜生只得捏住车闸,威严而不失礼貌地跟她打招呼。

见她眉眼都长得很正,皮肤白皙,身材高挑,在去学校的路上,林宜生脸上一直笑眯眯的,自行车也骑得越来越快。

他愿意这个世界,为他们变得更好。

56

老贺在暑假里张罗了一个足球队,取名为"特洛伊木马FC",打算参加八月初开幕的"百队杯"比赛。伯远既然已经离校去了美国,按北京市教育局的规定,就不能代表附中参加这项赛事了。但老贺有的是办法。他托人给组委会的一个负责人送了两条中华烟,伯远就冒用"陈家康"的名字,顺利地注了册。

可还没等到"百队杯"球赛开幕,就传来了老贺重病住院的消息。

伯远心急火燎地赶到北医三院,才知道老贺所谓的"重病",仅仅是阑尾发炎而已。在伯远的记忆中,多年来,贺胖子在班级里一直以老大自居。他的日常工作之一,就是背着手在教室里来回逡巡,弯腰察看每一个同学脸上的表情。只要看到某个同学(尤其是女同学)面露烦忧之色,就会笑嘻嘻地诱导对方:"有什么恼火事?说出来,哥来帮你做主。"

他曾经将一大碗辣酱面整个扣在一位高三男生的头上，害得那位男生每次在校园里遇见他都绕着道走。可自打老贺住院之后，伯远才第一次发现，贺胖子骨子里是一个胆小如鼠的人。他对即将到来的阑尾炎手术忧心忡忡。

他的母亲，学校高分子专业的特聘教授，耐着性子一遍遍劝慰他，早上医生送到病房让她签字的，只是一张普通的手术同意书，根本不是什么"病危通知单"。而他正在柏林参加国际工程物理学年会的父亲，也专门打来了越洋电话。父亲以科学家的严谨和审慎，辩证地开导他说："阑尾炎开刀是个小手术，出问题的概率还不到两万分之一。现在的医疗技术如此发达，从理论上说，应该是没有问题的，因此完全不必担心。话又说回来，既然是手术，总有一定的风险，再小的手术都必须签同意书。在国外，类似的免责协议也许长达十几页。这是因为，世界上没有什么事是百分之百安全的……"

父亲最后这句话，把贺胖子的脸都给吓绿了。

他反复对伯远嘀咕："明天上了手术台，万一大夫因为晚上没睡好觉，手一抖，一刀下去，他妈的整个完蛋！"

他母亲在一旁笑道："抖什么抖？你以为人人都像你一样？"

伯远只得向他保证说，大夫每天都做十几例这样的手术，手是不可能抖的。

"可是，麻醉师呢？"老贺又提出了另一个问题，"刚才他来查房时，我一见那个人，心里就堵得慌。双手插在衣兜里，吊儿郎当的，看上去很不靠谱。万一他犯了糊涂，用多了剂量，我这一觉睡下去，怕是再也醒不过来了呀！"

正说着，一位护士从门外走了进来，通知老贺备皮。

一听到"备皮"二字，贺胖子的脸刹那间变得煞白。他那惊恐的小眼睛骨碌碌地转了几下，一把拽住坐在病床旁的母亲，央求道："老妈，这手术咱不做行不行？我们还是保守治疗，保守治疗。"

他母亲只得俯身抱住他，像哄婴儿那样，拍着他的后背，温柔地向他解释说，所谓的"备皮"，"不是从你身上取下一块皮来备用，只是把你小鸡鸡周围的毛剃掉罢了。大夫这么做，是为了防止细小的绒毛进入伤口而引发感染，没事的。"

老贺趴在他母亲怀里，轻声道："万一他们在剃毛的时候，手一抖……"

他的母亲终于失去了耐心，她一把推开儿子，嗔怒道："没见过你这么惜命的。做个阑尾炎手术，也能吓成这样！你平常在学校替天行道、聚众斗殴的那股子狠劲哪去啦？放心吧，他们不会割你的小鸡鸡！就像你爸爸剃胡子似的，几分钟就完事了。"

她这一说，病房里顿时传来一片哄笑。

伯远没有笑。他不知怎么就想起了自己远在加拿大的母亲，心头一阵凄楚，差一点落下泪来。

老贺病愈之后，约伯远在五道口的一家咖啡馆长谈了一次。老贺告诉伯远，那天在学校操场上，蓝婉希与伯远当众拥吻的一幕，让他深受刺激。更何况，他这次生病住院，"在鬼门关里走了个来回"，一下子明白了不少事情。"像我这样一个矮壮型的糙男，要想靠长相博取女孩的欢心，看来是没戏了。再不努力上进的话，恐怕将来连个像样的老婆都娶不到。"

老贺告诉伯远，他刚刚报了一个德语班，打算高中毕业后，就去他父亲的母校海德堡大学留学。

"别看美国人牛皮烘烘，当年那些顶尖的物理学家，像什么海森伯格啦、赫兹啦、爱因斯坦啦，可都是德国人。我劝你也别在纽约待了，干脆到海德堡与我会合。如果你真的决心去德国学物理，我爸爸的推荐信还是管用的。"

伯远想了想说，他是否能去海德堡，最终还得让蓝婉希拿主意，"她去哪，我就跟她去哪。"

"我说你这人，就这么点出息！"老贺道，"等到我们俩得遍了诺贝尔奖、费米奖、普朗克奖、帕内蒂奖，什么样的女人找不到？到时候功成名就，无忧无虑，满世界转个遍。等将来老了，玩不动了，双眼一闭，两腿一蹬，死在如花少女的枕头上，多好！"

晚上吃饭时，伯远将他们在咖啡馆的谈话跟父亲说了说。林宜生对老贺"浪子回头"的决心和抱负赞赏有加，同时，对他在谈话中表露出来的"很不健康的名利思想"，也进行了严厉的批评。

57

算起来,伯远这次回国,在北京的时间不到三周。这其中还有五天,他和蓝婉希是在承德和坝上草原度过的。

离京那天,伯远坚持不让父亲去送他。他说,婉希爸爸开车去机场时,会顺路捎上他。

在此之前,林宜生特地办了一张银行卡。除了赵蓉蓉还回来的那三十多万之外,他又往卡里存了一些钱,凑成了五十万。宜生将这张卡交给伯远,让他重复了两遍密码之后,这才叮嘱儿子说:"交完学费之后,卡里的钱应该还有剩余。以后和婉希出去,你也主动点,别总花别人家的钱。"

临出门时,伯远向宜生提起,有件事,这些天一直憋在心里,但又不知道该不该问。在得到宜生"无论你说什么,我都不会生气"的保证后,伯远迟疑了半天,这才对父亲道:"如果楚云阿姨真的回不来了,如果妈妈最终回心转意,决定离开加拿大,回北京生活,你们有没有可能复婚?"

"这是你的一厢情愿,还是你妈妈让你这么问的?"

"我随便问问。妈妈在加拿大,实在是太可怜了。"

"婚姻并非儿戏。不是想结就结,想离就离的。"宜生躲避着儿子热切的眼神,望着窗外阴沉沉的天空。

他告诉伯远,今年的中秋节,他和楚云将在圆明园的音乐会上见面。

伯远想了想，对父亲说，在音乐会上见到楚云阿姨，别忘了代他问好。"这么长时间不见，我还真的有点想她。"

58

那年查海立去世时，为了便于朋友们来家中祭奠，赵蓉蓉将海立早年一张尚未谢顶的黑白照片翻了出来，拿到照相馆放大，并镶上木框，挂在了香案上方的墙上。

海立的骨灰安葬之后，香案和供品尽皆移除，但那幅照片，却一直没有取下来。葬礼后不久，周德坤第一次在赵蓉蓉家过夜，委婉地向蓉蓉提到了客厅墙上的那幅遗像。他说，那位老兄两眼直勾勾地望着自己，让他有一种芒刺在背之感。两个人的云雨缱绻，总是意有未慊，不能尽兴。后来，周德坤给她带来了一幅中央美院研究生的版画作品，名为《风吹稻浪》。赵蓉蓉就用这幅版画换下了查海立的遗像，并将它随手扔在了储藏室里的暖气管道边。

这都是好久以前的事了。

七月中旬的一天晚上，赵蓉蓉像往常那样，在小区的健身房练完瑜伽，回到了家中。健身教练隐蔽而暧昧的挑逗，在她的心底荡起了一圈圈甜蜜的波澜。他那纤长的手指滑过她乳尖时所留下的悸动，迫使她认真地思考自己的未来。她今年已经三十二岁了，再不找个可靠的人结婚生子，她名下那十几套房产，最终只能落到沉湎于赌博的侄子手上。她心里十分清楚，在婚姻这种事情上，周德坤是不能指望的。刚才，她旁敲侧击地问起健身教练的家庭状况，对方的支支吾吾让她多少有些失望。

她在玄关边换鞋的时候，眼角的余光不经意间扫了一下客厅的白墙，心头猛地一紧，镜子里自己的那张脸，也随之惨然变色。为了证明刚才漫不经心的一瞥不过是幻觉，她打开了客厅的所有灯光，将目光投向对面的墙壁。

丈夫查海立的那幅遗像，再次出现在了原先的位置。

伴随着一阵持续的觳觫，赵蓉蓉一口气嚼碎了四片阿司匹林，来缓解心脏剧烈的绞痛。她端坐在客厅的沙发上，呆呆地注视着墙上丈夫的遗容，脑子里乱七八糟的，出了一身大汗。很快，她在储藏室里找到了那幅名为《风吹稻浪》的版画。她知道这不是闹鬼，也不是什么恶作剧。较为合理的解释是，在她去健身房做瑜伽的这段时间里，有人撬开了她家的房门，更换了墙上的照片。反复猜测对方的意图，让赵蓉蓉如坐针毡，心力交瘁。唯一的线索，似乎来自于两天前收到的一条诡异的手机短信：

人说如此如此，天说不然不然。

过了这么些年，相框里的照片起了褶皱，使得死者的脸出现了奇怪的变形和扭曲。她记得原先照片中的丈夫表情肃穆，而此刻，他的面容看上去有些陌生和轻佻，嘴角甚至流露出了一丝恶意的嘲讽，好像在对她说："怎么样，过得挺不错的吧？"

她仔细地察看了屋内的所有房间。家里开着空调，窗户关得严严实实，没有任何被撬动的痕迹。由于这件事的怪异程度远远超出了她的理解力，她拨通了周德坤的电话，而后者那时正在阿尔山的一个湖边品尝烤全羊。

德坤在听完赵蓉蓉的哭诉后，沉默了好久，然后冷不防地冒出一句："真他妈的见鬼了，怪事怎么都挤成一堆了！"

赵蓉蓉完全没有心思去了解德坤那边到底出了什么怪事，只是不断地逼问他，什么时候能赶回北京。德坤用一贯暧昧而虚弱的语调提醒她：现在不是说话的时机。陈渺儿就在他身边不远的地方站着，"他妈的眼睛像鹰隼一样盯着我"。按照预定的行程，第二天一早，他们还要赶往满洲里。他劝蓉蓉，如觉得家中不安全，不妨先找个旅馆住下。一切等他回来再说。

赵蓉蓉没有去宾馆住宿。

焦躁和悲恨终于让她失去了理智。她将自己满腔的怒火，全都发泄到死去多年的丈夫身上："我倒要看看你这个死鬼到底能把我怎么样！"

那幅《风吹稻浪》的版画，被重新换到了墙上。而查海立的遗像，从木框中取出后（她的动作是如此的鲁莽，画框被狠狠地砸在地上,玻璃碎裂四散,手指被画框上的订书机钉扎破),很快被蓉蓉撕烂,拿到厨房的水斗里付之一炬。

在不安的睡眠中,健身教练那年轻而俊俏的脸庞,一直在她睡思中浮现——这在很大程度上缓解了她内心的焦灼与恐惧。

两天后是赵蓉蓉的生日。中午的时候,赵蓉蓉正坐在客厅的沙发上看电视,有人上门给她送花。

那是一个四十岁上下的中年人,戴着茶色眼镜,身穿质地考究的藏青色斜纹西装,扎着蓝色领带,两颊的胡子刮得干干净净,手里抱着一大束雪白的芍药花。来人谦恭有礼地告诉她,鲜花是一个名叫林宜生的朋友让送来的。还没等赵蓉蓉答话,他又抱歉似的笑了一下,问她能不能用一下家里的厕所。赵蓉蓉将他领到卫生间的门口,随手为他开了灯。客厅里弥漫着一股淡淡的男用香水的味道。

送花人从厕所出来,用纸巾仔细地擦着手指上的水渍,在客厅里挂着的那幅版画前停住了脚步。

这幅版画所呈现的是一大片成熟的晚稻田。旷野的尽头是黝亮的小河和影影绰绰的一带远村。一辆手扶拖拉机载着高高的稻垛,行驶在狭长的乡村公路上。路边的稻田里,矗立着"农业学大寨"的白色标语牌,人民公社的社员们正在挥镰收割。

那人在这幅版画前站了许久。他大概是觉得画挂得有些歪,就顺手将它扶正了。送花人这一微小的举动,促使赵蓉蓉做出了一个大胆的决定。她客气地问他,是不是愿意在家里坐一会,喝杯茶。因为,"我还有一件小事,要向您请教。"待客人在茶几前的沙发上坐定之后,赵蓉蓉把电视机的音量调小,牙根打颤,强作笑脸,对送花人道:"我与林宜生教授,虽说是多年的老朋友,但自从丈夫去世后,已经好几年没什么往来了。他为何会突然想起来给我送花?"

"那就要问你自己了。世界上没有什么事是无缘无故的。也许他想暗示你什么,比如说,他对你有好感?或者,他欠你一个人情要偿还?通常给人送花,总不外乎是这样一些理由。具体怎样,我不太清楚。"

他的嗓音略有一点干涩,但语调沉着、舒缓,带着一种让人尘虑顿消的静气。

"那么,林宜生教授有没有让您捎什么话?"

"那倒没有。有些话,说出来反倒是没意思了。你说呢?"

赵蓉蓉点了点头,心头一阵松快。她看见对方从怀里掏出一支抽了一半的雪茄,似乎在征询她的同意,便立即讨好似的对他说:"没关系,您尽管抽。"

"几乎所有认识你的人,都说你很聪明。今天有幸见面,我还是稍稍有些意外。"送花人喝了一口赵蓉蓉给他泡的西湖龙井,笑道,"你别误会。我是说,你的聪明远远超出了我原先的估计。"

他们随后就聊起了别的话题。墙上的画作被人替换一事,赵蓉蓉一个字都没提。因电视里重播的《百家讲坛》节目,正好在介绍鸠摩罗什,送花人忽发兴致,给赵蓉蓉讲了这样一个故事:

> 公元401年,鸠摩罗什大师从甘肃的凉州(就是今天的

武威)来到长安,在圭峰山的逍遥园中住下,带领寺僧翻译佛经。当时,后秦的国主姚兴用国礼待他,并送给他十二个宫女,期望留下子息,在他百年之后继承他的衣钵。鸠摩罗什接受宫女这件事,在僧侣与弟子中间引起了轩然大波。罗什本人对此事没作任何解释,但弟子们见样学样地效法,使得寺院这一清静之地,立刻变得乌烟瘴气。罗什为此深感忧虑。有一天,鸠摩罗什召集众僧,来到了自己的住处,在桌上放了一只装满钢针的碗钵。鸠摩罗什当着弟子们的面,将满满一钵钢针全部吞入腹中,然后对他们说,你们当中有人想学我的样子,也请吞下这一钵钢针。

几天之后,周德坤从内蒙返回北京,来家中看她。赵蓉蓉将德坤按在她乳房上的手拿开,把这个故事从头至尾向他复述了一遍。

"他为什么要跟我讲这个不相干的故事?我想来想去,怎么也猜不透其中的意思。"

德坤伸出舌头,在她嘴里搅了半天,喘了好一会,这才安慰她说:"他也就随便么一说,你也别太在意。不过,这个送花人,倒像是颇有些来历。"

他转过身去,瞥了一眼桌上那一大束白色的芍药花,用责备的目光看着蓉蓉:"老林的那二十八万借款,我看你还是还了吧。也不是一个很大的数目。这事拖了这么些年,弄得我夹在当中,有些不尴不尬。我每次见到他,心里都挺不自在。他一个教书匠,靠卖弄嘴皮子挣点钱，还得供儿子在国外读书，想想也挺可怜的。你说呢？要是你手头紧，这笔钱，我替你出。"

"这事好说，我听你的。"蓉蓉道。

接下来还有一件事，德坤觉得有些难以启齿。在曾静反复的教导与暗示之下，对于德坤和赵蓉蓉的这层关系，陈渺儿最近忽然开了窍。已经有好长一段时间，渺儿在提到赵蓉蓉的时候，把过去那亲热的"蓉蓉姐"，悄然换成了咬牙切齿的"骚狐狸"。只是因为家里最近出了一件大事，陈渺儿暂时还顾不上打上门来兴师问罪。

正当赵蓉蓉躺在沙发上眼神迷离、娇喘未定之际，周德坤把心一横，明白无误地告诉她，他们之间维持了五年之久的交往，已到果断了结的时候："世上没有不散的宴席。这是最后一次。从今往后，我们各走各路，两不亏欠……"

周德坤原以为，他在说完这番话后，赵蓉蓉必然会有一通死缠烂打的哭闹。他甚至在心里暗暗计算着，万一蓉蓉向他提出"精神赔偿费"，他的"小金库"可以承受多大的额度。没想到，赵蓉蓉只是愣了一下，继而淡然一笑。她从纸筒里抽出一张手纸，递给了德坤，然后又抽出一张，在两腿之间胡乱擦了擦，捋了捋额角湿漉漉的头发，轻声道："这话你应当早点说。本来，连这一次都可以省掉。"

周德坤看着沙发上这具无可挑剔的胴体，心头掠过一丝难以名状的怅惘。

59

"你老兄,总不会为了那区区二十八万,就请黑社会上门讨债吧?"

在马列主义学院那间不足十二平方米的研究室里,周德坤手里端着一杯咖啡,迷惑不解地望着林宜生。

学院的这幢办公楼刚刚装修完毕,空气中弥漫着一股新刷油漆的味道。林宜生知道,德坤早上九点就约他在研究室见面,大概不仅仅是为了向他转述鸠摩罗什吞钢针的故事。鉴于周德坤与赵蓉蓉的那层特殊关系,林宜生觉得很有必要将辉哥帮他要回欠款这件事,对他略作解释。

德坤一声不吭地听着,神色焦躁恍惚,有点心不在焉。那只戴着金戒指的肥胖大手,不时地轻轻叩击着桌面。

等宜生说完,周德坤故作镇定对他笑了笑,说道:"给蓉蓉送花的这个人,你老兄能不能把他介绍给我?实不相瞒,最近,准确地说,就在两周前,我也遇到了一件十分棘手的事。"

林宜生说了句"稍等一下",起身来到走廊里,把一直在门外等着、希望向他报告论文进展的一个女生打发走了,关上房门,这才重新回到桌边坐下,以询问的目光望着这位一惊一乍的老友。

"这一堆烂事,我都不知道该从何说起。"德坤道,"我们家的那条小狗死了之后,老宋被渺儿打发回了张家口的苇子沟。后来,她丈夫老杨又带着老宋回来过一次,上门讨要六个月的工钱。

渺儿只答应付一半。这些事，你都是知道的。没过多久，老宋在乡下的大儿子，往我手机上发了个短信，让我'最好识相点'，把他母亲的另一半工钱，乖乖地打到他的银行卡上，'一个子儿都不能少。'我如数付清了她的工资后，又额外给了五千，希望这事尽快过去。大概是这多付的五千元让他有了新想法，那小子开始隔三岔五地给我打电话。最近的一次，这家伙打来一个电话，倒也没谈钱的事，而是直接威胁要取我的性命。他限我三天之内去张家口跟他谈判，我哪里敢去？打那以后，我们家的小区里，总有些不三不四的人在转悠。停在楼下的那辆卡宴，挡风玻璃一连被砸烂了两三次。我们几次去派出所报案，警察后来也失去耐心。他们说，按照以往的办案经验，在事先威胁杀人的案件中，最终真正实施犯罪的比例并不高，不必疑神疑鬼。至少从目前来说，还看不出对方有铤而走险的迹象。渺儿与他们顶撞了几句，一位警官就笑着对渺儿嘲讽道：'万一他们真的实施了犯罪，不用您招呼，我们会一路小跑赶到您家。至于说让我们提供二十四小时昼夜不间断的保护，纯属异想天开。'"

"我还是有点不太明白。"宜生道，"老宋的工资既然已经付了，你还多给了他一笔钱，那小子为什么还要约你去张家口谈判？按常理说，不应该啊。莫非，你老兄还有什么把柄在人家手里捏着？"

周德坤神色有些暧昧，讨饶似的望着宜生。短暂的沉默过后，他又嘿嘿地干笑了两声。

"难道是因为你画过他母亲的裸体像？"

"如果仅仅是因为我让她做过模特儿，这事就简单了。毕竟我付了她很高的报酬，这事怎么都说得过去。问题是，我这个人，在女人的事情上，有一点重口味。我听人说，在解放前的老北京，老妈子除了洗衣做饭之外，偶尔也是可以带上炕的，一时就犯了糊涂。我现在担心的倒不是那小子，而是老宋。她真要去法院告我，事情就有些不太好办……"

尽管德坤的这段话，说得有些含混不清，林宜生也立即可以猜到，他和老宋之间到底发生过怎样的事。

林宜生想了想，安慰老友道，要说老宋去法院告他强奸，目前来看，倒也不至于，毕竟口说无凭。他们的最终目的，还是为了讹点钱罢了。至于说安排辉哥与他见面，宜生明确地予以拒绝。他字斟句酌地提醒周德坤，只要对这个"送花人"的过往经历有一点了解，任何一个头脑正常的人都不会出此下策。更何况，"据我所知，那人已决定金盆洗手。他打算去青海或者云南的偏僻山区，办一所希望小学，过一种纯洁的生活——每天清晨，在鸟叫和孩子们的欢声笑语中，迎来第一缕曙光。"

不过，急于摆脱威胁和潜在危险的周德坤，还是执意要与"送花人"见面。此人对付赵蓉蓉的手法，隐晦而深奥，且不乏幽默感。"只要他肯露个面，给苇子沟的那个小混混一点警告，比方说，给他寄去一截小拇指什么的，说不定事情就可圆满解决。"

因德坤固执己见，对辉哥的"神通"抱有太多的幻想，林宜生只好站起身来，对德坤说，一周后的中秋之夜，这个人将在正觉寺的音乐会上露面。假如机缘凑巧，可以介绍他们认识。

"到时候见机行事,千万不要强人所难。"宜生叮嘱他,"你不妨把这件事原原本本地告诉他,听听他的建议。"

60

正觉寺始建于乾隆三十八年(1773),原为圆明园绮春园宫门外的一座佛寺。1860年以来,圆明园迭遭劫难,偏于一隅的正觉寺却奇迹般地得以幸存。庚子之乱时,正觉寺曾一度被义和团的拳民们占用。至民国初年,北洋政府的国务总理颜惠庆出资购入佛寺,改作私人别墅。到了1970年代,这座寺庙划归海淀机械制造厂,成了职工的集体宿舍。寺内二十二间僧房及天王殿、三圣殿、最上楼均已夷灭不存。唯有二十余株龙柏、银杏和塔松,散落于山门及东西配殿之间的断垣残壁之中。

由山门往西,沿着一条长满菖蒲的沟渠走不多远,即可看到一座荒废的小村落。林宜生记得,他刚来北京工作的那阵子,曾陪周德坤去村里寻访一位赁屋而居的艺术家,并在村口的大槐树下买了两斤黄杏。如今,这棵古槐还在原先的位置,只是村庄早已人去屋空。按照"重建梦幻圆明园"的棚户区改造规划,早在一两年前,这里的居民已整体搬迁至七八公里之外的百望山脚下。这座记忆中人烟稠密的大村子,宛若蝉蜕后留下的空壳,一夜之间变得暗淡破败、静谧无声。在乱糟糟的道路两侧,隐约可以看见几只瘦弱的流浪狗,在荒草丛中有气无力地穿行,茫然地打量着在村中疾驶而过的汽车和三三两两的乐迷们。

走过这个黑漆漆的村庄,经由一座砌着汉白玉栏杆的石桥,林宜生远远地望见,一片迷蒙的灯火,浮现于半岛形的洲渚之上。

若不是杨庆棠忽发雅兴,在圆明园的荒寺边举办中秋音乐会,林宜生很难想象,在这座城中村的背后,还隐藏着这么一片屋宇修洁、远离尘嚣的清幽之地。一座青灰色的四合院隐伏在树林深处,院门外有一处荷塘。草坪灯发出的乳白色柔光,照亮了池塘里边的木椅和岸边随风飘摇的柳枝。

置身于这么一个市声不闻的岛洲之上,听着院落中的人语和偶尔传来的提琴声,林宜生觉得连呼吸都变得畅快起来。

沿着池塘往西百余步,是一片竹林。荷塘的一汪碧波,穿过石拱桥,在竹林背后趄向正北,与绮春园宽阔的湖面连成一个整体。穿过竹林中的夹石小径,林宜生来到了伸向湖面的一个长方形露台之上。

露台的西侧是临湖的铸铁围栏,东边是四合院的灰砖厢房。音乐会的舞台,就设在北面的一个凉亭里。"绮丽四重奏乐团"的乐手们已经在亭中落座,第一小提琴手正带着他们调弦试音。露台靠近凉亭的位置,摆放着三排白藤沙发,茶几上摆着鲜花和果品——那显然是为某些重要嘉宾预留的席位。其余的散席,一律是简易的折叠椅。露台的四角,各有一盏临时架设的方形照明灯。湖面上密密匝匝的荷叶,让灯光一照,看上去颜色要比平常更绿一些。而绮春园的湖山岛屿，则隐没在黑暗之中。这就给人造成了某种错觉：仿佛向远处延展的湖面宽得没有尽头。

不过，对岸沿湖而筑的一条垂杨长堤，还是在闪烁群星的映带下，显出了它灰暗的轮廓。如果越过这条长堤往西北方向远眺，就可以看见101中学上空隐隐现出的一片珠帘般的灯火。

61

林宜生来到了露台上，一眼就看见了德坤和陈渺儿。他们俩站在白藤沙发与折叠椅之间一条通道上（紧挨着一台支在三脚架上的摄像机），左顾右盼。他们似乎不甘心混迹在那些无足轻重的散客们之中，但又不便贸然享用前排的雅座，颇有些迟疑难决。因此，一见到林宜生，陈渺儿就嘟着小嘴对他道："我怎么觉得，前面的这几排沙发，是庆棠专门为我们几个人安排的呀？我们不坐谁坐？老林你说呢？就算是我们抢了领导的座席，我就不信，他杨庆棠到时候会把我们撵出来。要不然，你给庆棠打个电话问问……"

周德坤心绪烦乱地瞪了渺儿一眼："庆棠这会正在小院里陪重要客人吃饭，你就别自讨没趣，给人家添乱了。"

林宜生见德坤的脸色很不好看，就赶紧劝道："我倒是觉得，前排的嘉宾席离舞台太近了些。再说了，坐在这些名流显达们中间,也很受拘束。"说完,拉着周德坤,在靠近湖边的一侧挑了个地方,坐了下来。

陈渺儿倒也没再说什么。她伸手从前排的茶几上抓过来两块月饼,说了句"不吃白不吃",递给宜生和德坤一人一块。自己又去果盘扯下一根芝麻香蕉来,剥了皮,一口就咬掉了大半截。

周德坤跷着二郎腿吃着月饼,用餐巾纸小心兜着,不让月饼的碎屑掉落在地上。他小声地告诉林宜生,老宋儿子讹钱那件事,两天前已经被彻底摆平,"用不着再请你那个朋友出面了"。

德坤说,陈渺儿有一次给曾静打电话,无意间提起这件烦心事。曾静立刻就把这件事告诉了李绍基。正在中央党校封闭学习的李绍基,直接给张家口的一位主要领导打了电话,拜托他过问一下此事。

没想到,第二天下午,老杨就扛着一袋新收的土豆,拎了两瓶胡麻油,和大儿子一起,上门道歉来了。那小子看上去瘦瘦小小的,长相文弱,也不像是个能动刀子斗狠的人。老杨说,他家老大今年元旦要结婚,手上又没钱,一时糊涂,就动了歪脑筋。老杨让他"一千二百个放心",这小子平常在村里,是个有名的大蔫包。别说杀人了,就是杀个鸡,也得闭上眼睛,才敢下刀抹脖子。那小伙儿也是满脸赔笑,一口一个大哥大嫂,弄得陈渺儿都不好意思正眼看他。按照曾静"多少给他们一笔钱,双方都有个台阶下"的建议,德坤与渺儿商量了一下,当面给了小伙子五万元的结婚贺礼。老杨和儿子临走时,正式邀请德坤夫妇来年元旦去苇子沟参加婚礼。他们还说,以后两家人就当作亲戚走一走。渺儿一高兴,就和德坤合计,要不然干脆把老宋请回来得了。

好久没吃上她做的莜面窝窝了，挺馋的。周德坤受到此番惊吓，想起老宋来都有点后怕，踌躇半天，没有答应。

趁着陈渺儿上厕所的工夫，德坤压低了声音，对宜生笑道："老宋那娘们，别提了，身上那一堆白肉，就是个榨汁机。她要是回来，我怕骨头缝里的那点油，都得给她榨出来……"

据德坤说，今晚音乐会的座席，是按邀请人数核定的，一个不多，一个不少。手表的指针已经指向七点五十八分，折叠椅上已经坐满了观众，可前排的嘉宾席仍然空无一人。

林宜生回头望了望，仍然没有看见楚云和辉哥的身影。

正在顾盼之间，忽听得观众席中响起了稀稀拉拉的掌声。嘉宾们在两位身穿旗袍的礼仪小姐引导下，从东侧厢房幽暗的门洞里，鱼贯而出。

李绍基和曾静也在其中。

绍基身穿深黑色的西服，外披一件米黄风衣，一边往前走，一边气定神闲地与身边的矮胖官员小声交谈。曾静刚做了头发，围着一条猩红的大披肩，跟在绍基的身后。在经过林宜生身边时，她略微停了一下，嘱咐他说，老李给他带了几条特供的"大重九"香烟，待会散场的时候，别忘了去车上拿。落在队伍最后的两个人，一位是服装厂老板蒋颂平，另一位则是脖子上挂着念珠的和尚。等到他们在前排的嘉宾席坐定了，时间刚好八点整。四重奏乐团开始演奏莫扎特"狩猎"弦乐四重奏的第一乐章。

大概是因为没被列入重要嘉宾的名单，周德坤看上去仍有些闷闷不乐。他不无讥讽地对宜生耳语道："庆棠这个人行事周密，一丝不苟。凡事都要尽善尽美。对所谓仪式感的追求，更是到了病态的程度。有一回，我跟他一起上厕所，看见他撒完尿以后，还要用手纸小心擦去尿渍……"

宜生只是笑了笑，没有接话。

开场音乐结束后，杨庆棠上台介绍嘉宾，并做了简短致辞。坐在林宜生旁边的，是一位穿着吊带衫、裸露着圆润臂膀的女孩。她的右侧坐着一位鹤发童颜的老者。这人穿着一件灰色的夹克，正在向身边的女孩卖弄学识。他说，杨主编在致辞中引用的那六句诗，来自《古诗十九首》中的《今日良宴会》。原诗共有十四句，他最喜欢其中的第九、第十句：人生寄一世，奄忽若飙尘。女孩问他"飙尘"是哪两个字，老人不由分说，抓过她的一只手，将这两个字写在了她的手心里。也许是老人过于用力，那女孩的身体猛不丁地打了个哆嗦。

接下来，乐手们演奏了海顿78号弦乐四重奏的慢板乐章。他听见那位老者对女孩解释说，这个曲子是海顿为埃斯特哈齐家族的尼古拉斯一世所写，作于十八世纪六十年代。随后，老人又问她，这段旋律听上去，有没有"晓风吹过寂静旷野"的感觉？宜生静下心来仔细听了听，别说，还真有点那么个意思。他忍不住转过身去，用钦佩的目光打量了老人一眼。老人误以为自己的聒噪干扰了对方欣赏音乐时的清净，赶紧对宜生说了声"对不起"，从此不再言语。

旅法钢琴家张逸聪上场演奏时，出现了一个小小的变故。

他首先演奏的是李斯特的《威廉·退尔教堂》，选自作曲家的钢琴作品集《旅游岁月》。他坐在钢琴边，刚弹了不到半分钟，就突然停了下来。他显得烦躁不安，同时伸长了脖子朝四周张望。在陈渺儿"这家伙说不定忘谱子了"的笑声中，杨庆棠猫着腰赶紧跑到台上，蹲在钢琴前，询问音乐家到底出了什么事。两个人小声交谈了一小会，杨庆棠就直起身子，冲着台下的两个工作人员挥了挥手，高声地喊了一句：

"快，关空调。"

原来是厢房外墙上空调主机发出的噪音，影响到了音乐家的情绪。

林宜生朝空调边上的那个窗口瞥了一眼。房间里亮着微暗的灯光。白色纱幔后似有人影晃动。空调关掉之后，钢琴的声音陡然变得清亮了，就连风过竹林的沙沙声，也隐约可闻。

中秋之夜，室内外温差极大。待在屋内的人，还需要开空调降温，而穿着T恤的林宜生坐在湖边让凉风一吹，已经冷得瑟瑟发抖了。一位穿着旗袍的服务员，体贴地端着一个装满纸杯的大托盘，从人群中悄无声息地走过，让观众们喝热水驱寒。而老者身上的那件灰色夹克，不知何时已经披在了年轻女孩的肩上。

据说，张逸聪是应杨庆棠之邀，专程从巴黎飞回北京，参加这次音乐会的。为了使往返的商务舱机票物有所值，杨庆棠给他安排了将近一个小时的独奏时间。当他在掌声中返场并演奏德彪西那段著名的《月光》时，观众席上再次出现了一阵骚动。林宜生看见前排的嘉宾们纷纷转过身来，将目光投向东南方向的天空。

老槐树巨大的浓荫中，透出一片清澈的晴空。一轮皎洁的圆月，褪尽了暗红色的光晕，升到了厢房的灰色屋脊之上。当舒缓优美的钢琴声从黑暗中传来时，躁动和喧响很快就安静下来。

湖面上笼着一层淡淡的轻岚，秋荷叠翠，烟波浩渺，杳然不见其际涯。在缥缈迷离的琴声中，丝丝缕缕的云翳，缓缓掠过老树的枝丫，把月亮那皎洁的银盘，擦拭得晶莹透亮。

不论是坐在前排的官员、商界精英和社会名流，还是散席上的那些普普通通的爱乐者，此刻都沉浸在同一个旋律中，恍如梦寐。不论这些人是有着精深音乐素养的专业人士，还是附庸风雅之辈，不论他们平日里是踌躇满志、左右逢源，还是挣扎在耻辱、失败和无望的泥潭中艰辛度日，所有的人都凝望着同一片月色溶溶的夜空，静默不语，若有所思。

这一刻，时间像是停顿了下来，仿佛世界上所有的对立和障碍都消失了。唯有音乐在继续。许多人的眼中都噙着泪水。宜生想起了歌德曾经说过的一句话：存在是我们的职责，哪怕只是短短的一瞬。在他看来，这个被音乐提纯的瞬间，所呈现的正是存在的奥秘：一种无差别的自由、安宁和欢愉。眼前这些素不相识的人，眉宇之间俨然透着寂然忘世的专注与恬静，且充满善意，带给林宜生一种从未有过的亲近之感。

林宜生知道，在张逸聪演奏德彪西《月光》的同时，一轮明月恰好越过正觉寺的废殿，准时升至四合院的树冠和屋脊之上，绝非巧合。为了这片刻的赏心乐事，杨庆棠想必事先对时令、节候、曲目安排，乃至建筑高度，进行过一番仔细的推算。

当林宜生目光不经意扫过露台南侧的那片竹林时,不由得悚然而惊。他看见备餐台边的大柳树下站着一个人。

辉哥是刚刚进来,还是一直就站在那,林宜生不能确定。他穿着一件花呢西装,灰色的灯芯绒布裤子,手里托着一柄大烟斗,身体斜靠在树干上,漠然地望着远处的湖面。一团团白色的烟雾从他嘴里吐出来,随即被风吹散。备餐台边的一束白炽灯光,正好打在他身上,给他那张表情灰暗的脸颊,镀上了一层惨白的荧光,看上去微微有些失真。

德彪西的《月光》结束后,杨庆棠再次上台。他向观众解释说,音乐家刚才演奏的钢琴,是从保利剧院借来的。按照事先的约定,这架"斯坦威"名琴,必须在今夜十一点之前还回去。为了给钢琴搬运工腾出时间,他建议大家不妨休息十五分钟。露台南端的柳树下备有茶点和咖啡,各位可以随意取用。

庆棠话音刚落,曾静就从第一排的沙发中间站起身来。她简单地活动了一下腰肢后,随即向他们几个挥手致意。林宜生侧身让过三四名身穿工装服的钢琴搬运工,沿着露台西侧的围栏,快步来到了备餐台前的柳树下。

嘴里咬着烟斗的辉哥,似笑非笑地望着他。

没等宜生开口,辉哥就亲昵地将手搭在他的肩膀上,不紧不慢地告诉他:大约在半个小时前,楚云已经离开了。

"我们事先预料到今晚会碰到很多熟人。"辉哥道,"想来想去,让她裹着头巾在音乐会上露面，还是觉得有点不太合适。我把她安排到了厢房的一间小屋里。她能看见你，你却看不见她。有一段时间，我差不多已经说服她，把你约到房间里与她见面，可她后来又改变了主意。女人的心，阴晴不定，有时候真让人捉摸不透。她不久前刚刚在上海动过手术，我担心她一刻不停地流泪，会引发伤口感染，就派人将她送走了。临走时，她留下一句话，让我转告你。这会，她的车，应该已过了潮白河了。"

林宜生转过身去，朝厢房的那间小屋望了一眼。窗户开着。白色的纱幔在风中微微拂动。屋里的灯光已经熄灭。

"她让你忘了她。就当是做了一场梦。"辉哥一字一顿地对林宜生道，"她还说，每个人都有自己不可更改的行程和死亡。就是这样。"

这时，一位身穿黑色对襟短袖衫的中年人，将服装厂老板蒋颂平领到了辉哥的面前。这人凑在辉哥耳边说了句什么，辉哥转过身去，先是冷冷地瞥了蒋颂平一眼，随后笑了起来：

"噢，蒋老板。幸会。"

蒋颂平手里端着一杯咖啡，一脸谦恭地望着辉哥。

"有件小事，想请蒋老板帮个忙。"辉哥从衣兜里掏出一个银灰色的名片夹，取出名片，递给了受宠若惊的蒋颂平。

他顺便也给了林宜生一张。

看来，辉哥所谓的金盆洗手，并非说说而已。因为他的名片上有了一个新名字。林宜生曾听楚云说过，辉哥用过的名字，少说也有二十个。

而现在，他的名字变成了"丁采臣"。

蒋颂平与辉哥寒暄了没几句，就开始向他夸耀自己刚刚竣工的视听室。他滔滔不绝地提到了家中那对意大利Sonus Faber音箱、瑞士的 Nagra CD 机以及"泛着蓝绿蓝绿幽光"的麦景图功放……

辉哥一直阴沉着脸，出于礼貌，不时点一下头。

看样子，辉哥与蒋颂平有什么事要谈。林宜生也正想一个人静一静，就悄悄地从那儿离开了。他刚走到外面的竹林里，就听见辉哥不客气地打断了蒋颂平的唠叨，问他能不能介绍个懂行的，给自己也装一套音响。全世界最好的音响。钱不是问题。

蒋颂平则信誓旦旦地向他保证说："丁哥，您可算是找对人了……"

62

宜生在门外站了一会，抽了支烟。随后，他独自一人穿过竹林，来到了院外的荷塘边。

那台名贵的"斯坦威"钢琴，被装在一辆底部有滑轮的平板车上，从露台里推了出来。很快，随着发动机引擎的一阵轰鸣，装着钢琴的大卡车，晃晃悠悠地驶过石板桥，一路往东去了。等到汽车的远光灯在空无一人的小村里渐渐消失不见，忽听得一阵锣鼓响，湖边

的露台上,传来了京剧《霸王别姬》那著名的十字句唱腔:

> 看大王在帐中和衣睡稳
> 我这里出帐外且散愁情
> 轻移步走向前荒郊站定
> 猛抬头见碧落月色清明

林宜生静静地坐在荷塘边的一张木椅上。片刻的失神,让他一时不知身在何处。圆月高挂于正觉寺的山门之上,照亮了绮春园蓊蓊郁郁的废殿。空明流光,树影在地。微寒的秋风掠过湖心,细碎的波光,从残荷败叶中层层叠叠地漫过来,无声地荡拂着岸边的沙地。

夜已渐深,霜露浓重。林宜生在心里默念着楚云留给他的那句话,一阵酸楚哽在喉头,不由得满眼落泪。

63

林宜生与楚云再次见面,已是七年之后。

二月末的早春时节,宜生和妻子回了趟苏州老家,与母亲达成了和解。他们到城南为父亲和姐姐扫墓时,顺道去邓尉赏梅。

天气还有些寒冷,纷乱的雨丝中夹杂着小雪珠。风呼呼地刮过梅林，吹落下一地的花瓣。

妻子去司徒庙敬香还愿去了，林宜生一个人坐在路边的石凳上抽烟。

他看见一家三口，打着雨伞，从远处的山坡上下来。林宜生起初也没怎么留意。他们沿着狭长的林间小道，走到他跟前，就站住了。

楚云先认出了他。

她穿着黑色的羽绒服，头上裹着的一条深褐色头巾，遮住了大半个脸庞。她大大方方地向林宜生介绍自己的丈夫和孩子，说明她的生活早已经恢复了平静。她的丈夫四十来岁，看上去是个木讷、厚道的老实人，脸上一直挂着笑。一个五六岁的小女孩，头上扎着羊角辫，依偎在母亲身边，好奇地打量着宜生。过了这么些年，他们各自的生活中，都发生了太多的事。意外的相遇，让两人百感交集，竟一时找不到话说。

另外，林宜生的心里还藏着一个小小的烦恼。

他暗暗希望妻子在司徒庙里待得越久越好。

与此同时，宜生也在脑子里飞快地盘算着，如果她很快就回来，他不得不向楚云介绍自己的妻时，要不要撒个小谎，隐瞒一下她的真实身份。